Monica Mirelli,
Carsten Sebastian Henn,
Ralf Kramp

Mords-Weihnacht

Monica Mirelli lebt und arbeitet als Autorin und Werbetexterin mit ihrer Familie in Bad Salzuflen. Zahlreiche Veröffentlichungen im Bereich der Phantastik. Sie besucht mehrmals jährlich die Eifel, um sich inspirieren zu lassen, aber auch, um dort ihre Ruhe zu finden.

Carsten Sebastian Henn. Der in Hürth lebende Kölner ist nicht nur Weinjournalist, sondern hat seit 2002 auch drei spannende Krimis rund um den Koch und Detekiv Julius Eichendorf veröffentlicht.

Ralf Kramp, geboren 1963 in Euskirchen, lebt in der Vulkaneifel. Er beschreibt in seinen schwarzhumorigen Geschichten aus der Eifel skurrile Typen und ihre haarsträubende Erlebnisse.

Monica Mirelli,
Carsten Sebastian Henn,
Ralf Kramp

MORDS-WEIHNACHT

KBV

1. Auflage 2008
2. Auflage 2009

www.kbv-verlag.de
info@kbv-verlag.de
Telefon: 0 65 93 - 99 86 68
Fax: 0 65 93 - 99 87 01
Illustrationen: Ralf Kramp
Redaktion, Satz: Volker Maria Neumann, Köln
Druck: Aalexx Buchproduktion GmbH, Großburgwedel
Printed in Germany
ISBN 978-3-940077-38-7

1. Kapitel

von Ralf Kramp

Er war mit dem Mobiltelefon nach nebenan gegangen, um ungestört ein Gespräch anzunehmen. Trude Brock ließ die Gelenke ihrer knotigen Finger durch die Stille knacken. Die alte Frau mit dem borstigen Damenbart stellte sich vor, es sei der Adamsapfel ihres Chefs, der da knackte. Ihres seit fünf Minuten Ex-Chefs. Irgendwie war es ja auch wiederum gut, dass er sie entlassen hatte. Fristlos. Es war zwar kurz vor Weihnachten, sie war reichlich klamm, und die Enkelkinderchen würden sich in diesem Jahr selbst was Schönes basteln müssen, weil die Geschenke von Oma ausfielen. Aber das hatte auch was für sich. Die verwöhnten Rotznasen waren sowieso mit nichts zufrieden. Und ihre Schwiegertochter meckerte auch immer nur ... Was war denn einzuwenden gegen eine Flasche Tosca? Hatte sie auch zu Weihnachten gekriegt. Damals, Dreiundsechzig. Und an der Flasche war nichts dran. Wie neu. Ihr Erspartes würde gerade mal für den üblichen Weinbrand für ihren Sohn Detlef reichen. Hatte er sich redlich verdient, wenn er es das ganze Jahr über aushielt mit dieser Brut.

Wieder knackte es durch die Stille von Jean-Claude Ducruets durchgestyltem Büro. Diesmal stellte sie sich vor, es sei das Nasenbein, das unter dem Druck ihrer harten Hände nachgab. Ducruet, dieser durchgeknallte Franzose, der »Chiffon-

Omma Brock

Magier«, wie ihn die Presse nannte. Sechs Jahre hatte sie für diesen wahnsinnigen Modedesigner den groben Zuschnitt der Stoffe in seinem kleinen Privatatelier erledigt. Fehlerfrei, pünktlich und zuverlässig. Sechs Jahre lang war sie Tag für Tag mit dem Linienbus zu dem kleinen, alten Wasserschlösschen nahe der belgischen Grenze karriolt, bei Wind und Wetter. Dahin, wo der Fuchs nicht einmal einen Hasen zum Gutenachtsagen hatte. Im Atelier des Maestros hatte sie Kaffee gekocht, hatte ihm ab und an einen Imbiss zubereitet und die Stoffe bearbeitet. Und jetzt hatte er sie gefeuert. Weil sie seinen Espresso versaut hatte, oder weil sie den falschen Essig für die Tomaten genommen hatte, oder wegen irgendeinem Mist. Er hatte ihr schon oft gekündigt, aber dieses Mal war er besonders übel drauf, und es hatte den Anschein, als meinte er es ernst.

Sie knackte mit dem Daumen. Es klang, als prallten zwei Billardkugeln mit voller Wucht aufeinander. Dieser erbärmliche Wicht!

Jetzt klang seine Stimme aus dem Nebenraum. »Die Geld kommt von Sie? Viel Geld, Monsieur! Quoi? Ihren Namen können Sie nischt ... Ja, isch notiere. 90 Komma 4, 60 Komma 8, 91 Komma 2, einsdreiundachtzig ... Isch 'abe verstanden. Abär für wen soll das ...? Wer sind Sie denn über...?« Dieser fiese französische Akzent. Ein blöder Typ, wirklich.

Omma Brocks Kieferknochen malmten. Alle nannten sie nur Omma Brock. Und alle hatten Respekt vor ihr. Außer diesem kleinen Affen. Sie sah ihn direkt vor sich. Das geleckte, kleine Männchen mit den schwarz gefärbten Haaren.

Ihr Blick wanderte durch den Raum. In der Gerichtsmedizin war es wahrscheinlich gemütlicher. Nackte Wände. Weiß. Ganz schön kahl für einen, der zig Tausende verdiente, indem er Leute anzog. Nur diese blöden Knieabdrücke hingen da. Knieabdrücke in Gips gegossen! Abartig. Wer sammelt so was? Ein kranker Typ, kein Zweifel. Kein Wunder, dass seine Frau dauernd auf Reisen war. Beate Ducruet war ein ehemaliges Topmodel und flog fast täglich für Werbeaufnahmen und ähnlichen Klimbim in der Weltgeschichte herum. Ein wenig angefaltet war sie mittlerweile. Ein wenig aufgepolstert an der ein oder anderen Stelle, aber insgesamt eine patente Person, fand Omma Brock. Ihr Privatjet stand in den kurzen Phasen, in denen sie in der Eifel weilte, auf dem Flugplatz Dahlem, eine knappe Dreiviertelstunde mit dem Auto vom Schlösschen entfernt.

Nun erschien er in der Tür des Nebenraums, und sie knackte ein letztes Mal mit den Fingern. Es knallte regelrecht. Ducruet hatte verwirrt auf sein Handy gestarrt und schreckte nun hoch.

Ihre Nasenlöcher blähten sich wie die eines Preisboxers.

»Sie sind noch 'ier?«

Omma Brock nickte stumm. Ihre Augenbrauen zogen sich zu einem einzigen struppigen Balken zusammen. »Ich kriege noch ein Zeugnis, Chef.«

Hektisch gestikulierte er in der Luft herum. Die Spitzen seines kleinen schwarzen Schnurrbarts zitterten erregt. »Mais non! Später, später! Kein Zeit! Isch muss an die Arbeit! Scheren Sie sisch raus! Eine wischtige Auftrag ... und so wenige Tage ...«

»Französische Heulsuse«, brummelte sie leise, klammerte die kräftigen Hände um die Schlaufen ihrer Handtasche und erhob sich. Beim Hinausgehen knurrte sie kaum hörbar: »Na warte, Bürschchen. Wir sind noch nicht fertig miteinander.«

»Ein Kleid für die Christkind ...«, hauchte Ducruet und ließ seine Finger über die Computertastatur huschen. Tatsächlich! Eine unanständig hohe Summe war vor zwei Stunden auf sein Konto eingezahlt worden. Kein Scherz, kein Betrug. Jemand meinte es ernst mit seinem unglaublichen Auftrag! »Mon Dieu, wie soll isch das bis Heiligabend schaffen? Welcher Stoff? Tüll? Taft? Fagaraseide?« Er huschte wie ein Irrwisch durch sein Büro. Was verlangte dieser unbekannte Auftraggeber da nur von ihm? Zuerst hatte er es für einen Scherz gehalten, aber »Ein Kleid für die Christkind ... bis 0.00 Uhr am Heiligen Abend. Kaum zu glauben!«

Erst jetzt fiel hinter Omma Brock die Tür ins Schloss.

2. Kapitel

von Monica Mirelli

Kommissarin Coltella verzog angewidert das schöne Gesicht, als sie der alkoholgeschwängerte Atem des Mannes traf. Dennoch zwang sie sich, sich nicht seitwärts abzuwenden, um den frischen Fichtenduft des Waldes einzuatmen, sondern blickte dem zu Verhörenden energisch in die Augen.

Dieter Lebrowski war dreiunddreißig, Finanzbeamter, Familienvater und begeisterter Kegler aus Bochum-Wattenscheid. Gemeinsam mit seinen Kegelbrüdern des Clubs *Immer Neune* hatte er sich an diesem Samstag in die noch schneelose Eifel begeben, um nicht nur einheimisches Liedgut quasi völkerverständigend weiterzutragen, sondern so ganz nebenbei auch noch die perfekte Fichte fürs diesjährige Weihnachtsfest zu schlagen. Also hatten sie zum *Bergmannslied* (»Glück auf, Glück auf, der Steiger kömmt ...«) die Äxte geschwungen und waren auch sonst dank konstanter Glühweinbetankung, die für eine gleichbleibend angenehme Betriebstemperatur sorgte, bester Stimmung gewesen.

»Und dann?«, bemühte sich Carola Coltella das Erinnerungsvermögen des Bochumers wieder einmal auf den Fall zu lenken.

»Dann? Dann hab ich sie gesehen. Zuerst die Beine. Die waren nackt. Trug nur Stiefel, die Frau ...«

Die Kommissarin verdrehte im Geiste die Augen. Da sah man wieder, wie Tatsachen angesichts eines unter Schock stehenden Zeugen verdreht wurden. »Sie meinen, ein Bein war stiefellos. Wir haben den fehlenden Stiefel bereits gefunden. Am zweiten Fuß befand sich sehr wohl ein Stiefel. Außerdem trug die Tote eine Strumpfhose.«

Lebrowski winkte ab. Wahrscheinlich ein Zeichen, dass ihm sowieso alles egal war.

»Und dann haben Sie sich runtergebeugt und die bis dato auf dem Bauch liegende Tote herumgedreht und ihr Glühwein eingeflößt?«

»Was hätten Sie denn gemacht?«, ereiferte sich der Großstädter. »Das arme Mädchen da liegen lassen? War doch alles voller Blut! Immerhin hätte es sein können, dass sie, dass sie ...«

»... durch den Alkohol wiederbelebt werden würde? Wohl kaum, Herr Lebrowksi. Denn zu diesem Zeitpunkt war sie bereits tot. Hätten Sie und ihre Kumpel sich nicht die Glühweinkante gegeben, hätten Sie das auch bemerkt! So aber haben Sie dank Ihrer umwerfenden Fürsorge sämtliche, ich betone: sämtliche Spuren verwischt!« Unwillkürlich war Coltella vom normalen Verhörmodus in den Anklagemodus gewechselt.

Lebrowski zuckte zusammen. Er wünschte sich nur noch nach Hause. Oder an seinen Amts-Schreibtisch. Zu seinen Akten – da konnte ihn nichts aus der Fassung bringen, noch nicht einmal die verzweifelte Bitte um Aufschub der Steuerschuld einer alten Marktfrau. Aber seit einer

Stunde hielt man ihn nun schon auf dieser Schonung fest. Allmählich ließ auch die Wirkung des Glühweins rapide nach, sodass der eiskalte Eifelwind ihn frösteln ließ, der ihm wie der nachträgliche Atem der Toten vorkam. Dazu kam noch diese arrogante Kommissarin. Sah ja ganz gut aus, schien aber völlig humorlos zu sein. Jedenfalls behandelte sie ihn so, als hätte er die Leiche nicht nur entdeckt, sondern sie selbst zu einer solchen gemacht.

Nun kam einer ihrer Assistenten herbei und raunte der Kommissarin etwas zu.

Sie überlegte einen Moment und sagte dann zu Lebrowski: »Sieht so aus, als würden Sie und Ihre Kegelfreunde uns keinen Bären aufbinden: Die Tote liegt bereits seit über acht Stunden hier. Außerdem scheint es ziemlich sicher, dass die Axt, mit der die Frau erschlagen wurde, eine andere ist, als die, die von Ihrer Gruppe benutzt wurde. Genau genommen handelt es sich um keine Axt, sondern ein Beil.«

»Was macht denn das für 'n Unterschied? Tot ist tot!«

Augenblicklich kam ihm wieder die Situation ins Gedächtnis, wie sein Blick langsam wie eine Schnecke von den Beinen der Toten über den Oberkörper bis zum Kopf gewandert war. Dessen Zustand würde er nie wieder vergessen können. Der Glühwein hatte den Schock zunächst mildtätig abgefedert, aber nun stand das Bild der Erschlagenen nur allzu deutlich vor seinen Augen. Mein Gott, wenn er hier jemals mit heilem Geist aus der

Sache rauskam, würde er Buße tun. Gnade vor Recht ergehen lassen. Nie wieder würde er selbstherrlich andere kraft seines lächerlichen Beamtenstatus' erniedrigen. Als Erstes würde er den Steuerbescheid dieser Marktfrau schreddern ... Währenddessen dozierte die Kommissarin über den Unterschied zwischen Axt und Beil – um seine Frage zu beantworten.

»Im Gegensatz zu den langstieligen, ausschließlich zur Holzverarbeitung eingesetzten Äxten, die Sie und ihre Clubkameraden verwenden, wird ein Beil normalerweise einhändig geführt – wie in diesem Fall. Es handelt sich bei der Mordwaffe zweifelsohne um eine in Kennerkreisen geschätzte Mini-Spaltaxt der schwedischen Firma Gränsfors Bruks.«

Im Stillen zog Lebrowski den Hut vor der Kommissarin. Er hatte sie wohl unterschätzt. »Das alles erkennen Sie an der Wunde?«, fragte er fassungslos.

»Nein, aber wir haben ein entsprechendes Beil nahe der Leiche auf dem Weg zum Parkplatz aufgefunden«, antwortete Kommissarin Coltella trokken.

Zum ersten Mal seit Beginn des Verhörs zeigte sich so etwas wie ein Lächeln auf ihren vollen Lippen.

3. Kapitel

von Carsten Sebastian Henn

Und noch ein letztes Plätzchen in der Form des gekrümmten Hirtenstabs! Florian Unkel, spargellang und mit ordentlichem Mittelscheitel, legte es exakt ausgerichtet neben das mit der neckischen Bischofsmütze, das er über der niedlichen Schafsfamilie ausgelegt hatte. Es waren wirklich kleine Kunstwerke! Der junge Kaplan klatschte freudig die Hände zusammen, sodass Mehl aufwirbelte wie Schnee. Die Gemeinde würde begeistert sein, wenn er das Spekulatius-Gebäck in den Weihnachtsbaum der Kirche hängen würde. Zuvor hatte vermutlich noch niemals einer ihrer Priester selbst gebacken. Und die von ihm gestickten Samtsterne wären sicherlich auch der absolute Renner. Ein absolutes Novum für Welterscheid!

Alles würde perfekt sein, wenn er mit seinen Schäfchen erstmals gemeinsam die Ankunft des Herrn feiern würde. Florian Unkel war so aufgeregt, dass er sich fast dazu hätte hinreißen lassen, einen Eierlikör zu trinken. Aus dem großen Glas!

Vor dieser flüssigen Sünde bewahrte ihn dankenswerterweise das Telefon. Es war der Bischof! Der Mann war wirklich von Gott gesandt.

Der Würdenträger kam gleich zur Sache: »Unkel, ich weiß nicht, wie ich es Ihnen schonend beibringen soll, deswegen platze ich einfach raus damit: Ihre Pastoralreferentin, Mandy Schlothausen, ist tot. Ermordet, um genau zu sein. Ich habe jetzt keine Zeit für Einzelheiten, aber es ist wohl angebracht, ihre Wohnung durchzugehen, bevor die Polizei kommt. Möglicherweise hat sie Dinge besessen, die falsch verstanden werden könnten.«

»Ach herrje, die Arme! Ich kannte sie ja nur knapp zwei Wochen. Der Herr hatte sie so überreich beschenkt.« Florian Unkel wurde rot, als ihm die Doppeldeutigkeit bewusst wurde. »Ich meinte nicht ihre ... Brust, also ihre Brüste, Sie wissen schon, weil die ja so unglaublich groß und schön waren, so perfekt gerundet und so, die meinte ich nicht. Sondern ihre Güte, die meinte ich, obwohl die Brüste, also da hat Gott natürlich auch ein wunderbares Werk ...«

»Ja, ja. Ist schon gut!«

»Ich bin erschüttert, Exzellenz. Sie war eine Frau, die so viel zu geben hatte!« Unkel errötete wieder und sah mit einem Mal aus wie ein Puter mit Sonnenbrand. »Sie wissen, wie ich es meine, oder?! Ich meinte auch diesmal nicht ihre Brüste oder Ähnliches. Nein, nein, sondern sie war so herzlich.« Unkel sah die ruhige, junge Frau in Gedanken vor sich. »Sie war ein guter Mensch. Ich werde gleich eine Messe vorbereiten. Dieser Verlust wird die Gemeinde schwer treffen.«

»Zeit für die Trauer ist ein andermal. Sie müssen jetzt schnell in ihre Wohnung!«

»Aber was meinen Sie damit? Wonach soll ich suchen? Sie war doch eine Seele von Mensch!«

»Nun, Unkel. Sehen Sie, wie soll ich es sagen? Ich wartete des Guten, und es kommt das Böse; ich hoffte aufs Licht, und es kommt Finsternis.«

»Hiob, Kapitel 30, Vers 26. Einer meiner Lieblingsverse. Aber gibt es denn einen Grund für Ihre Befürchtungen?« Aus dem Ofen kam dunkler Rauch, die Plätzchen hatten beschlossen, ein Stück weiter als goldbraun zu gehen. Sie wollten jetzt Kohlenstücke werden.

»Bei einer Frau wie Mandy Schlothausen? Ich bitte Sie. Sie sind doch ein junger Mann, Unkel.«

»Ich verstehe nicht ...« Und das tat Florian Unkel wirklich nicht. Was eines seiner größten Probleme war.

»Ich sage Ihnen, durchsuchen Sie die Wohnung, Unkel! Sie sind ein Mann des Herrn und haben einen wachen Verstand. Sie werden wissen, was zu tun ist, ich vertraue Ihnen. Denken Sie nur immer an unsere heilige Kirche und helfen Sie, möglichen Schaden von ihr abzuwenden.«

Die beidhändig schniefende Haushälterin ließ den Kaplan kopfschüttelnd ein, ohne ein einziges Wort herauszubringen, und schloss ihm die Tür zur Wohnung der Toten auf. Sie schaffte es vor lauter Betroffenheit nicht, über die Schwelle zu treten. So fand sich der junge Kaplan allein in der Wohnung. Er bekreuzigte sich dreimal, und als das mulmige Gefühl im Magen nicht wegging, legte er noch zwei geflüsterte »Ave Maria« drauf. Tote waren für ihn völlig neu, das war im Priesterseminar nur theoretisch durchgenommen worden. Wohnungsdurchsuchungen hatten allerdings gar nicht auf dem Lehrplan gestanden.

Über die Existenz von Kleidern, wie sie sich zuhauf in diesem Zimmer fanden, auf Schaufensterpuppen, an Bügeln oder fotografiert an der Wand, hatte es im Seminar ebenfalls keine Informationen gegeben. Unkel fand es faszinierend, dass so wenig Stoff ausreichend sein sollte, den Körper angenehm warm zu halten. Wofür Kleidung ja schließlich da sein sollte.

Allerdings schien diese Kleidung sehr tragefreundlich zu sein, denn in den umliegenden Modezeitschriften lächelten alle Frauen oder hatten den Mund halb offen, als würden sie gleich ein leckeres Eis zu schlecken bekommen. Sie sahen aber auch wirklich arg verhungert aus. Ein paar Butterplätzchen würden ihnen gut tun.

Unkel sah sich um, ging durch Schreibtischinhalte und Badezimmerschränke, ja, er wühlte sich sogar durch die farbige Unterwäsche. Er fand nichts, was ihm irgendwie verdächtig vorkam. Er wunderte sich auch überhaupt nicht darüber, dass seine Pfarrreferentin String-Tangas getragen hatte. Wahrscheinlich machten das alle Frauen so, was erklären würde, warum sich so viele von ihnen häufig an die Poritze zu packen pflegten. Wieder ein Mysterium gelüftet! Er selbst kannte Mandy Schlothausen nicht in Tanga, sondern nur in züchtig langen Hosen und hochgeschlossener Bluse.

Auch die venezianischen Masken an der Wand, die ihn irgendwie lüstern anzusehen schienen, irri-

Carola Coltella

tierten ihn nicht. Sie musste wohl gerne Karneval gefeiert haben. Köln war schließlich nah. Nur wenige konnten sich dieser Verlockung widersetzen.

Neben dem Bett fand er ein Foto. Es war so unbemerkenswert, dass es ihm direkt ins Auge fiel. Das leicht unscharfe Bild zeigte einen Parkplatz mit zwei Wagen, einer davon ein älterer Golf GTI, rot, der sehr schnell aussah, obwohl er stand. Daneben war ein silberner Audi TT. Die Menschen in den Autos waren nur als Schemen zu erkennen.

Warum bewahrte jemand ein solches Foto auf dem Nachttisch auf? Vielleicht, dachte Unkel, weil es das wohl langweiligste Foto war, das er jemals gesehen hatte. Half sicher beim Einschlafen.

Er schaute noch einmal hin, diesmal genauer. War hinter der einen Fensterscheibe des Golf nicht ein Alukoffer zu erkennen, der gerade geöffnet wurde?

4. Kapitel

von Monica Mirelli

Kommissarin Coltella hielt die Tasse mit beiden Händen und wärmte sich an dem dickwandigen Porzellan. Gleichzeitig sog sie die künstlich erzeugten Aromen von Amarenakirschen und Vanille ein. Leider reichte ihr Gehalt nur für eine Espressomaschine der preiswertesten Art, obwohl sie insgeheim den Kollegen Nigelmann, der das Büro rechts von ihr bezogen hatte, um seine Krups

Nespresso Futura (»Neue Thermotechnologie mit 19 bar Pumpendruck, meine Liebe!«) ebenso beneidete wie die Gaggia Achille (»Kombiniert retrospektives Design mit modernster Technik, und das ist erst der Anfang!«) ihres Vorgesetzten. Nachdem es sich auch in die letzten Winkel provinzieller Eifeler Amtsstuben herumgesprochen hatte, dass Italien »in« war, wurde auch in ihrer Behörde geprotzt bis zum Gehtnichtmehr. Statt zum *Goldenen Hirsch* ging man lieber zum *Cervo d'Oro*. Carola Coltella hatte nichts dagegen. Seitdem sich ihre Mutter vor knapp dreißig Jahren in einem Urlaub in Bella Italia in den Inhaber eines kleinen Hotels verliebt hatte, war ihr das Italienische sprichwörtlich in die Wiege gelegt.

Sie hatte sich gerade gesetzt, um am Tassenrand zu nippen, als die Tür aufgestoßen wurde und ihr Assistent hereingestürmt kam.

»Neue Erkenntnisse im Fall der Weihnachtsbaum-Leiche!«, redete er grußlos drauflos und schwenkte einen Zweierstapel DIN-A4-Blätter aus Recyclingpapier.

Winfried zu Clairvaux litt daran, dass er leider kein »von« im Namen aufweisen konnte, sodass eine direkte Blutlinie des berühmten Bernhard von Clairvaux, französischer Gründer der Zisterzienserabtei Himmerod im Salmtal, trotz seiner intensiven Bemühungen nicht nachzuweisen war.

Plötzlich stoppte er im Lauf, und sein Blick heftete sich auf die Cappuccinomaschine. »Neu?«, fragte er überrascht.

»Nein, Ramschverkauf bei Tchibo. Aber das Ergebnis kann sich schmecken lassen. Wollen Sie auch eine Tasse?«

»Gott bewahre!«, wehrte Winfried schaudernd ab. »Sie wissen doch, dass ich ausschließlich französisches Mineralwasser trinke. Aber jetzt mal in medias res: Einer unserer Kollegen, dieser Mendig aus dem ersten Stock, hat jetzt sogar 'ne Illy X1 aus Edelstahl!«

»Als neue Dienstwaffe?«, ulkte Coltella. Natürlich wusste sie, dass damit die Espressomaschine gemeint war. Mendig war ein Angeber. Fuhr als Einziger einen gebrauchten Porsche und protzte auch sonst mit zur Schau gestellten Luxusaccessoires. Natürlich ließ sie sich nicht davon beeindrucken.

»Unter 700 Euro nicht zu haben. Da könnte ich schwach werden.« Mit einem mitleidigen Blick bedachte er ihren Automaten.

»Typisch deutsch!«, konterte Coltella. In Italien würde kein normaler Mensch sich einen Espressoautomaten in sein Büro oder Haushalt stellen – es sei denn, es handelte sich um eine Kaffee-Bar! Aber in Deutschland musste natürlich jedermann damit prahlen, was er hat! Sie hatte sich ein wenig in Rage geredet. »Und trotzdem wette ich blind, dass bei meinem Papa in Perinaldo der selbstgemachte Espresso besser schmeckt als bei Mendig «, setzte sie störrisch hinzu. »Und jetzt her mit den Fakten, Clairvaux!«

Sie hatte ohne Übergang ihre dienstliche Miene aufgesetzt und ließ keinen Widerspruch zu. Nicht umsonst nannte man sie in Kollegenkreisen »Coltella, das Messer«. Wenn es sein musste, war sie hart wie die stählerne Klinge eines Stilettos.

»Den Wagen der Toten haben wir auf dem in der Nähe befindlichen Rastplatz aufgefunden«, fasste Clairvaux die Ergebnisse zusammen. »Der Wagen wies Spuren eines Aufbruchs auf, jedoch wurde anscheinend nichts daraus gestohlen – weder das Blaupunkt-Navi noch die teure Stereoanlage. Allerdings haben wir eine leere Handtasche entdeckt ...«

»Da passt was nicht zusammen«, erkannte Coltella. »Soweit ich mich erinnere, trug die Leiche noch ihren recht teuren Schmuck. Zumindest die Perlenkette und der Brillantring ließen sich schnell zu Geld machen. Auch die Cartier-Uhr beachteten die Täter nicht – alles in allem sieht das nicht nach einem üblichen Raubüberfall aus.«

»Ja, aber es geht noch weiter: Welche Frau schleppt eine leere Handtasche mit sich herum? Wir haben keinerlei Bargeld gefunden, also ist zu vermuten, dass sich in der Handtasche zumindest ihr Portemonnaie befunden haben muss. Einer unserer Zeugen, der Kaplan der Gemeinde, konnte sich daran erinnern, dass die Schlothausen eine fliederfarbene Brieftasche besessen hat, die sie stets bei sich zu führen pflegte.«

»Na, wenn die jetzt weg ist, dann hätten wir hier doch ein mögliches Motiv, meinen Sie nicht?«

»Ich würde das mit der Brieftasche nicht zu hoch hängen, zumal auch nur ein einziger Zeuge den Hinweis stützt. Ein klassischer Raubmörder hätte bestimmt nicht die Brieftasche geklaut und alle anderen Wertgegenstände verschont. Wenn es der Täter also weder auf den Schmuck noch auf den Wagen noch auf sonst welche Dinge abgesehen hatte, dann hatte er von Anfang an geplant, sie zu ermorden. So sehe ich das.«

»Hm. Da sind aber noch jede Menge Fragen zu beantworten«, sinnierte Coltella und schaute aus dem Fenster. »Außerdem frage ich mich, ob es noch schneien wird bis Weihnachten ...«

5. Kapitel

von Ralf Kramp

Omma Brock köpfte ihr Frühstücksei und stellte sich vor, es sei dieser Lackaffe Ducruet. Dieser Wurm, dieses Frettchen. Für gewöhnlich rief er einen Tag nach dem Rausschmiss bei ihr an und fragte sie, wann sie denn endlich gedenke, wieder arbeiten zu kommen. Aber dieses Mal war alles anders, das hatte sie gleich bei der Kündigung gemerkt. Er hatte Geldsorgen, das hatte sie längst geahnt, aber mit ihrer Kündigung sparte er doch nichts ein, bei dem Hungerlohn, den er ihr zugestanden hatte!

Sie strich sich die Brötchenkrümel aus den Borsten auf ihrer Oberlippe und schlürfte ihren Schonkaffee. Draußen im Nieselregen hockten zwei Vögel auf der Fensterbank und plusterten sich auf. Sie verscheuchte sie, indem sie das Etui ihrer Hornbrille donnernd gegen die Scheibe warf. Drecksvögel. Ihr waren heute Morgen alle Lebewesen zuwider. Den Radiosprecher hatte sie schon verwünscht, weil ihm seine gute Laune schon früh um sieben aus allen Poren quoll, und den Herstellern der Büchsenmilchdosen, die man nicht aufbekam, ohne dass man eine mittlere Sauerei auf dem Frühstückstisch veranstaltete, hatte sie bereits die Pest an den Hals gewünscht. Sie setzte die Brille auf ihre kleine Knollennase, schlug die Zeitung auf und las zuerst die Todesanzeigen. Kein Ducruet. Schade.

Dann knöpfte sie sich den Lokalteil der Tageszeitung vor, dessen Redakteur sie jeden Morgen schon einmal prophylaktisch als »Arschgeige« beschimpfte, und ihr Blick blieb gleich an einer fetten Schlagzeile hängen:

Frauenleiche zwischen Weihnachtsbäumen!

Soso. Klang ja interessant. Omma Brock wischte die Fettschlieren von den zentimeterdicken Brillengläsern, um den Text besser lesen zu können. Eine tote Pastoralreferentin in einer Eifeler Fichtenschonung, nur mit einer Strumpfhose und einem Stiefel bekleidet. Das war ja'n Ding. Sie betrachtete schwer atmend das Foto einer schlanken, jungen Frau mit wallendem, fuchsrotem Haar und einem ganz und gar bezaubernden Lächeln. Ein Privatfoto von ganz ordentlicher Qualität. Die Bildunterschrift besagte, dass es an ihrem sechsundzwanzigsten Geburtstag vor anderthalb Jahren aufgenommen worden war.

»Erstklassige Figur«, murmelte Omma Brock und tauchte eine Kante ihres Brots in den Kaffee. In den Jahren ihrer Tätigkeit bei Maître Kretin Ducruet hatte sie selten den groben Zuschnitt für so perfekt proportionierte Frauen machen dürfen. Wie mochten ihre Maße gewesen sein? Einundneunzig, einundsechzig, einundneunzig? Ihre Größe schätzte sie auf irgendwas zwischen einsachtzig und einsfünfundachtzig. Diese wunderschönen roten Haare ... diese Figur ... Omma Brock kam ins Grübeln. Sie schlürfte den Kaffee leer und fischte mit den Fingern die aufgequollenen Brotbröckchen vom Tassenboden.

Sie dachte an »La Befana«. Ducruet war ganz verrückt nach »La Befana«. Die geheimnisvolle rothaarige Schönheit, die sich der Modewelt auf den Laufstegen und in den Hochglanzmagazinen stets mit einer venezianischen Porzellanmaske präsentierte. »La Befana« war eines der wirklich großen Mysterien im bunten Zirkus der Haute Couture, weil niemand sie jemals ohne ihre Maske gesehen hatte.

»90 Komma 4, 60 Komma 8, 91 Komma 2, einsdreiundachtzig.« Omma Brock versuchte, die Traummaße, die sie auswendig kannte, vor sich hinzubrabbeln und gleichzeitig ein Stückchen Brotkruste zwischen ihren Zähnen hervorzupuhlen. Kaum zu glauben ... Wie oft hatte sie an den Gewändern dieser rothaarigen Erscheinung mitwirken dürfen? Konnte es sein, dass die junge Tote und La Befana ein und dieselbe Person waren? Das wäre doch zu verrückt, um wahr zu sein!

Sie fixierte das Foto und murmelte wieder »90 Komma 4, 60 Komma 8, 91 Komma 2, einsdreiundachtzig.« Das konnte hinhauen. Die Anmut der Schultern, der Hüfte, diese perfekten Proportionen, die Hände! Die Ohren! Plötzlich war sie sich sicher. Klar, dass die doofe Polizei es nicht schaffte, eine solche Querverbindung herzustellen. Die hatten doch von so was keine Ahnung.

Und in diesem Moment schossen ihr die Bruchstücke des Telefonats durch den Kopf, die sie belauscht hatte, nachdem Ducruet sie gefeuert hatte: 90 Komma 4, 60 Komma 8, 91 Komma 2, einsdreiundachtzig! Ein Kleid für das Christkind! Was war das gewesen? Eine geheime Losung womöglich? War Befana nicht die italienische Weihnachtshexe oder so was in der Art? War das am Ende ein telefonischer Mordauftrag gewesen? Ducruet ein Killer? Diesem öligen Franzmann war alles zuzutrauen. Finanziell pfiff er auf dem hinterletzten Loch. Hatte er nicht was von viel Geld gesagt?

Omma Brock kramte die Nagelschere aus der Schublade des Küchentischs, schnitt den Zeitungsartikel aus und erwog kurz, ihre gelbrandigen Zehennägel gleich mitzubearbeiten, unterließ dies jedoch. Das hatte Zeit bis übernächste Woche. Dann klappte sie energisch die Hornbrille zusammen. Sie fischte zwei Fünfeuroscheine aus der Suppenschüssel im Küchenschrank und kramte ihre Busfahrkarte aus der Schublade der Garderobe. Sie musste noch Marzipankartoffeln und Cognacbohnen für die Weihnachtsteller der verwöhnten Enkelchen kaufen. Zimtsterne hatte sie schon im Sommer gekauft. Im Sommer des Vorjahrs. Vom Supermarkt war es gar nicht so weit bis zum Schlösschen des »Chiffon-Magiers«. Konnte nicht schaden, ihn mal ein bisschen näher unter die Lupe zu nehmen, diesen Knilch. Sie hatte ja jetzt Zeit.

Sie stülpte sich ihre zottelige Wollmütze auf den Kopf, betrachtete ihr Spiegelbild im Zwielicht des Hausflurs, und dann sagte sie diabolisch lächelnd ein weiteres Mal: »Na warte, Bürschchen. Wir sind noch nicht fertig miteinander.«

6. Kapitel

von Carsten Sebastian Henn

Florian Unkel zählte noch einmal die Keksdosen durch. Vierzehn Stück, für jede Messdienerin und jeden Messdiener eine. Was würden sich die jungen Menschen darüber freuen! Einige Plätzchen waren sogar mit Schokolade überzogen worden. So was bekam man hier in der Eifel wahrscheinlich nur sehr selten zu essen.

Er kontrollierte noch einmal seinen Nikolausbart im Rückspiegel seines Wagens, während er durch die Eifeler Nacht düste, die wieder einmal dunkler war als der Hintern einer schwarzbunten Holsteiner. Ein ungewöhnlicher Gedanke. Unkel dachte normalerweise ausnehmend selten an die Hinterteile deutscher Milchkühe. Er stellte die weihnachtlichen Klänge seines Radios lauter und sang voller Inbrunst – allerdings mit verstellter, tiefer Stimme. Er übte schon einmal für die Weihnachtsfeier, auf der er gleich überraschend auftauchen würde. Die lieben Kleinen wussten ja nichts davon, hatten sich das Pfarrheim für eine Party mit DJ gemietet und sich sogar extra Lichtorgeln besorgt. Die würden vielleicht Augen machen, wenn er in der Tür stand!

Doch erst mal machte nun Florian Unkel solche und trat so heftig auf die Bremse, als säße ein kleines Teufelchen darauf. Das war doch gerade ... War das nicht ...?

Er setzte zurück.

Das war der Parkplatz auf dem Foto, welches er bei Mandy Schlothausen auf dem Nachttisch gesehen hatte! Ihm kam der Schluss der Bergpredigt in den Sinn. *Bittet, so wird euch gegeben; suchet, so werdet ihr finden; klopfet an, so wird euch aufgetan.*

Mitsamt Nikolauskostüm schwang er sich aus dem Wagen, und da er keine Taschenlampe dabei hatte, zündete er eine der Kerzen an, die er den jungen Leuten für ihre Party mitbringen wollte. Damit sangen sich Kirchenlieder doch so viel netter.

»Hohoho!«, rief er und musste selber prusten. Es klang so echt!

Florian Unkel ging zu der Stelle, an der auf dem Foto die beiden Wagen gestanden hatten, und beugte sich hinunter. Während er eine Weile suchend den Blick über den Boden wandern ließ, wusste er nicht, was er eigentlich suchte. Aber er fand es trotzdem. Es lag im Gras und sah aus wie ein Knochen aus Holz. Es war rot lackiert. Hatte am oberen Ende verkrusteten Kleber und sah am unteren Ende aus wie eine Schuhsohle.

Unkel musste an die Schuhe in Mandy Schlothausens Wohnung denken. Sie hießen bestimmt nicht einfach nur Schuhe, sondern hatten einen feschen Namen, der Unkel nicht geläufig war. Das, was er gefunden hatte, stammte auf jeden Fall von einem hochhackigen Schuh. Lagen die häufiger auf Parkplätzen herum? Unkel hatte bisher nicht darauf geachtet, und er hatte auch keine Idee, wie man einen solchen Absatz verlieren konnte.

Das, was er außerdem fand, ließ ihn so rot werden, dass er auch farblich perfekt ins Nikolauskostüm passte. Es war ein Stift. Ein Kugelschreiber. Und dieser zog sich aus. Wenn man ihn aufrichtete, verschwand das Kleid auf der vollbusigen Frau und zeigte alles, was darunter verborgen war.

Florian Unkel verspürte plötzlich einen unwahrscheinlich starken Drang zu backen. Er dachte jetzt nur ans Backen, an nichts anderes als Backen, denn ihm war mit einem Mal schrecklich heiß. Er drehte den Stift ganz schnell wieder herum.

Das anzügliche Schreibwerkzeug hatte exakt dort gelegen, wo der rote Golf GTI auf dem Foto gestanden hatte.

Darauf stand der Name eines Nachtclubs. *Amore totale* hieß dieser, und wenn ihn seine Ortskenntnis nicht ganz im Stich ließ, lag das gar nicht weit von hier. Und der Bischof hatte gesagt, er solle allem nachgehen, wirklich allem, was mit Mandy Schlothausen in Zusammenhang stand. Nur wenige hundert Meter entfernt flatterte das Band der Polizeiabsperrung im Wind. Die Trierer Soko hatte es zur Absperrung der Weihnachtsbaumschonung angebracht, in der die Pfarrreferentin umgebracht worden war. Unkel hatte es im *Volksfreund* gesehen.

Er bekreuzigte sich ein paar Mal. Schloss die Augen. Und steckte den Stift ein, der sich unerlaubterweise schon wieder entkleidet hatte.

7. Kapitel

von Monica Mirelli

Die Mittagskarte bot keine große Auswahl, und das war einer der Gründe, warum sie den *Goldenen Hirsch* so liebte. Statt viel Zeit damit zu verlieren, sich zwischen Dutzenden von Gerichten entscheiden zu müssen, ging es hier stets fix, denn der Koch ließ sich nie mehr als zwei Menüvorschläge aus der Mütze zaubern. Kommissarin Coltella entschied sich für Eifeler Döppekooche, ihr Assistent Winfried zu Clairvaux bevorzugte eine Lasagne al forno. Seitdem genau gegenüber des *Goldenen Hirsch* das italienische Pendant eröffnet hatte, fühlte sich der Koch anscheinend genötigt, dem allgemeinen Geschmack hinterherzulaufen.

»Ich habe nachgedacht«, begann Winfried und fing sich einen zweifelnden Blick ein.

»Ich hoffe, es ist nichts Schlimmes dabei herausgekommen«, stichelte Coltella.

»Nur so etwas wie eine Erleuchtung«, fuhr er unbeirrt fort.

»Sie müssen mir verraten, wie Sie die Kerze in ihren Kopf befördert haben! Durch die Nase?«

»Die Tote, diese Mandy, hat keine Familie mehr. Ist sozusagen mutterseelenallein auf der Welt ...« Winfried ließ sich nicht aus der Ruhe bringen.

»Ja, so schnell geht das«, flachste Coltella. »Die BILD würde wahrscheinlich texten: *Familie mit Axthieb ausgelöscht.*« Sie kannte Winfried nur zu gut. Wenn der erst mal anfing zu »denken«, konnte dies in sehr langwierige Gespräche ausarten.

»Genau das ist der Punkt!«, fuhr Winfried fort. »Die letzte Angehörige, eine Schwester, Jessica, verstarb bei einem Autounfall vor einem Jahr. Also scheidet ein familiäres Motiv aus. Wer hat einen Vorteil davon, Mandy genau ein Jahr später mit einer Axt zu erschlagen? Da Raubmord ebenfalls ausscheidet, bleibt eigentlich nur noch die Liebhaber-Theorie.«

Carola Coltella winkte ab. Sie kannte diese Theorie ihres Mitarbeiters zur Genüge. Hinter jeder Tat vermutete er eine vorausgegangene Beziehungskrise.

Die Bedienung brachte den Döppekooche. Coltella stöhnte insgeheim auf, als sie den opulent gefüllten Teller mit dem herrlich duftenden Gericht sah. Mit seinem Döppekooche hatte der Koch sie an der Angel. Obwohl Halbitalienerin, würde sie niemals daran denken, gegenüber im *Cervo d'Oro* zu speisen. Und mit der geplanten Diät vor Weihnachten würde es auf diese Weise auch nichts mehr. Was sie vor allen Dingen immer wieder erstaunte, war die Tatsache, wie man aus allereinfachsten Zutaten (Kartoffeln, Eiern, Zwiebeln, Speck, Salz und etwas Muskat) ein solch herrliches Gericht zaubern konnte.

»Was mich viel mehr interessiert, ist diese Schwester, diese ...«, sinnierte Coltella, nachdem sie die ersten Bissen genossen hatte. »Hat sie den Unfall damals verursacht?«

»Ominöse Sache«, gab Winfried zu. »Man fand den ausgebrannten Wagen mitsamt verkohlter Jessica-Leiche in einem Waldstück oberhalb von Mürlenbach. Aus den Unterlagen geht hervor, dass man vermutete, Alkohol sei im Spiel gewesen. Sie war von der Straße abgekommen, gegen einen Baum geprallt, und weil es Nacht war, hatte niemand den Unfall bemerkt. Aber um noch einmal auf meine Theorie zurückzukommen ...«

»Lassen Sie sie da, wo Sie sie herausgeholt haben: in Ihrer leeren Hirnschale!«, entgegnete die Kommissarin mit einer Schärfe, die ihm verriet, dass sie sich augenblicklich wieder im Dienst befanden. »Herr Ober, bitte zahlen und zwar *subito*! Und Sie, Clairvaux, legen mir sämtliche Akten vor, die sich mit dem Unfalltod der Schwester befassen!«

Als sie nach draußen stürmten, bemühte sich ein bleigrauer, schneeschwerer Himmel noch zusätzlich, auf ihre Stimmung zu drücken. Vielleicht würde es ja heute noch schneien.

Coltella musste daran denken, dass sie es noch immer nicht geschafft hatte, bei ihrem Golf die Sommerreifen zu wechseln. Vielleicht war Mandys Schwester Jessica ja auch mit Sommerreifen gefahren, damals vor einem Jahr, und ins Schlingern geraten. Vielleicht hatte man aber auch ein wenig nachgeholfen ...

Ihr Jagdinstinkt war erwacht!

8. Kapitel

von Ralf Kramp

Omma Brock schlug das kleine Toilettenfenster mit dem Griff ihres Regenschirms ein. Als das Glas knackend zerbarst, stellte sie sich vor, es sei der Schädel ihres Ex-Chefs. In der Ferne hörte sie die Sirene eines Feuerwehrwagens an- und wieder abschwellen. Omma Brock lauschte in die nachfolgende Stille. Als sie nichts mehr hörte außer ihrem eigenen Herzschlag, erklomm sie die bereitstehende Holzkiste, griff durch das Loch in der Scheibe und öffnete das Fenster von innen.

Auf das Gelände des Schlösschens zu kommen, war kein Problem gewesen. Es war dämmrig, und nur ein paar Krähen hatten sie beobachtet, als sie durch die schief in den Angeln hängende Eisenpforte des Parks gekommen war, die immer unverschlossen blieb. Dann hatte sie sich den Weg durch die ungepflegte Anlage zum Haupthaus gebahnt. Sie hatte das Gebäude umrundet und zunächst um die Ecke auf den Kiesvorplatz gespäht. Frau Ducruet war ohnehin gerade in Rio de Janeiro, und der Meister selbst war offensichtlich auch ausgeflogen. War heute nicht sein Saunaabend? Also hatte Omma Brock sich zum Anbau geschlichen, in dem Ducruet arbeitete. Hier hatte er auch eine separate kleine Wohnung, in der er während seiner kreativen Schübe logierte.

Und nun war sie also eingedrungen, rappelte sich auf, betrachtete den zerborstenen Toilettendeckel und rieb sich den Steiß.

Ein schwarz gekacheltes Badezimmer. Schwarze Badmöbel, schwarze Handtücher ... Ewige Nacht. Sie fischte die Zahnbürste aus dem schwarzen Becher beim Spiegel. Hier rieb sich der Maître also tagtäglich die Faltencreme in seine geliftete Fresse. Sie kicherte heiser, als sie sich aus einer plötzlichen Laune heraus mit seinem Zahnpflegegerät die strähnigen Haare bürstete.

Dann ging es weiter ins Büro. Grellweiß. Der krasse Gegensatz. Und all diese doofen Knieabgüsse an den Wänden. Er hatte einen durchgeknallten Freund in den USA, der den Stars, die auf dem Hollywood Walk of Fame ihre Hände in den Beton drücken durften, klammheimlich ein spezielles Kissen unter die Knie schob, in das sich dann jeweils unbemerkt zwei Abdrücke eingruben, die er später nur noch mit Gips ausgießen und für horrende Summen verkaufen musste.

Meryl Streep, Jodie Foster, Julia Roberts, Michelle Pfeiffer ... Michelle Pfeiffer hatte wirklich die krüppeligsten Knie, die Omma Brock jemals gesehen hatte.

Gegenüber von Ducruets Schreibtisch, hinter dem Rücken der Besucher, sodass er täglich darauf blickte, war eine große Fläche freigehalten worden. Vier Leuchtstrahler waren auf das Zentrum der freien Fläche gerichtet. Hier fehlte das zentrale Dekorationsobjekt. Hier fehlten die Knie der Knie. Hier sollten die Knie von »La Befana« an die Wand genagelt werden, so hatte Ducruet ihr einmal in einem schwachen Moment gestanden. Armer Irrer.

Omma Brock fischte sich, bevor sie damit begann, den weißen Schreibtisch zu durchsuchen, erst einmal eine fette Zigarre aus dem weißen Zigarrenkästchen neben dem Telefon. So was Gutes hatte sie lange nicht mehr geraucht.

Wonach sie suchte, wusste sie gar nicht so recht. Irgendwie reizte es sie überhaupt nicht, in den privaten Dingen ihres ehemaligen Chefs zu wühlen. Während sie die Zigarre paffte und dabei enormen Qualm entwickelte, fummelte sie mit ihren knotigen Fingern in der Korrespondenz des Modemachers herum und grunzte ab und zu amüsiert. Rechnungen, Mahnungen, Vollstreckungsankündigungen ... Der hing ganz schön in den Seilen.

Die Kontoauszüge sangen ein trauriges Lied vom finanziellen Ungemach, das über den eitlen Couturier hereingebrochen war. Anderen Menschen hätte diese Auflistung des finanziellen

Scheiterns möglicherweise einen Hauch von Mitleid entlockt, doch Omma Brock blieb ungerührt. Die Zigarre qualmte in ihrem runzligen, kleinen Mund wie ein Schlot vor sich hin, während sie in den Schränken wühlte. Sie frohlockte innerlich, weil sie die Quittungen für das Flugbenzin für den Privatjet gefunden hatte, mit dem Frau Ducruet um den Erdball brauste. Mit dem Spritgeld fuhr die amerikanische Durchschnittsfamilie vier Generationen lang hochtourig mit drei benzinsaufenden Schlitten über den Highway.

Und dann hielt sie plötzlich einen Brief in den Händen, dessen Inhalt ihre struppigen Augenbrauen in die Höhe tanzen ließ.

Jean-Claude! Bitte schick mir keine Briefe mehr. All Deine Betteleien werden mich nicht umstimmen können! Du darfst mir Kleider auf den Leib schneidern, aber mein Körper wird Dir niemals gehören! Weder die Knie noch der Rest! Da nützen auch Deine Drohungen nicht! Wenn Du mich nicht in Ruhe lässt, werde ich Mittel und Wege finden, Dich zur Vernunft bringen zu lassen. Befana

Soso. Hier stand es also schwarz auf weiß. Der Modelümmel hatte die schöne Unbekannte bedrängt. Omma Brock spürte, dass sie auf der richtigen Spur war. Und plötzlich fielen ihr Fotos in den Schoß. Eine Handvoll Schwarzweißfotos. Allesamt Knie! Es lief ihr eiskalt über den Rücken. So ein perverses Ferkel. Und was das für Knie waren! Magere Gelenke, glatt und gebräunt. Ganz anders als ihre eigenen. Die hätte er mal sehen sollen, dieser Hanswurst. Das waren Knie, die etwas erlebt hatten! Züchtig weiß, von zarten, blauen Adern edel marmoriert, stoppelig und vernarbt. Wofür sie schon alles gekniet hatte! Pah!

Ein Paar Knie kehrte auf den Aufnahmen immer wieder. Es lugte unter Stoffen hervor, die Omma Brock gleich wiedererkannte. Kostüme, an deren Zuschnitt sie nicht unerheblich mitgewirkt hatte. Auf einem der beiden Knie war ein seltsamer Leberfleck. War das La Befana? So oft, wie Ducruet es hier im Aktenschrank verwahrte, musste sie es sein. Als sie die glänzende Oberfläche der Fotografien flach vor das Licht der Schreibtischlampe hielt, glaubte sie, Lippenabdrücke erkennen zu können. Bah! Ihr Blick wanderte zu der illuminierten, freien Stelle an der Wand, die für La Befanas Knieabdrücke reserviert war. So, wie es aussah, würde sie nun ewig frei bleiben.

Als sie in das angrenzende Atelier hinüberging, wie eine schnaufende Diesellok enormen Qualm hinter sich herziehend, schlug sie mit Verachtung nach dem Lichtschalter, und vor ihr manifestierte sich ein geradezu magisches Szenario: Alle Lichter des Raums erstrahlten gleichzeitig. Omma Brock fiel die Zigarre aus dem Mund. Die Lichter waren alle auf einen zentralen Punkt in der Mitte des unordentlichen Raums gerichtet. Auf einer Schneiderpuppe waren einzelne Stoffteile grob zusammengeheftet worden. Der Schnitt war kühn, aber dennoch anständig. Mondän, aber dennoch mädchenhaft verspielt. Der Stoff floss um den künstlichen Körper, hüllte ihn ein, zog ihn aus, umspielte ihn wie ein bizarres Ornament.

Das Kostüm, das hier entstand, war nicht von dieser Welt. Es gehörte keinem irdischen Wesen. So etwas konnte nur das Christkind tragen.

9. Kapitel

von Carsten Sebastian Henn

Der Sündenpfuhl wirkte weihnachtlich. Die hier arbeitenden Sünder hatten passend zur Adventszeit sogar einen Weihnachtsmann und eine Weihnachtsfrau auf das Flachdach gesetzt. Sie hatten rote Mützen an. Und Stiefel. Ansonsten zogen sie blank. Das *Amore totale* wollte sich lukrative Weihnachtsfeiern augenscheinlich nicht entgehen lassen. Selbst die zwei Plastikrentiere an der Eingangstüre trugen Strapse. Es hatte fraglos Stil. Auch wenn Unkel nicht wusste, welchen.

Der junge Kaplan wünschte sich in diesem Moment eine Peitsche, um sich provisorisch geißeln zu können, aber ihm stand nur ein Rosenkranz zur Verfügung. Doch mit diesem schlug er sich nicht, er betete ihn nur ab. Im Geiste suchte er ein mutmachendes Bibelzitat. Aber *Wer Weisheit liebt, erfreut seinen Vater; wer aber mit Huren umgeht, kommt um sein Gut* funktionierte irgendwie nicht. Auch *Wohl dem, der nicht wandelt im Rat der Gottlosen noch tritt auf den Weg der Sünder noch sitzt, da*

Kaplan Unkel

die Spötter sitzen machte ihn kein bisschen ruhiger. Das Alte Testament war definitiv miserabel, wenn es darum ging, die Nerven zu beruhigen.

Das Einzige, was ihm ein bisschen die Angst nahm, war das Nikolauskostüm, das er sich angezogen hatte, um unerkannt zu bleiben.

»Na, Kleiner, was hat der Weihnachtsmann denn unter seinem Mantel an?«, begrüßte ihn eine junge Dame im Flur, die anscheinend in Richtung eines morastigen Bodens unterwegs war, denn sie trug hohe, rote Stiefel. Sie verschaffte sich mit einem gekonnten Griff Gewissheit und zog eine Schnute. »Da bin ich jetzt aber enttäuscht! Ich dachte, du hättest deine Rute griffbereit ...«

»Ich halte überhaupt nichts von Bestrafung«, sagte Unkel und zog seinen Nikolaus-Gürtel ein Loch enger. »Ich finde Geschenke viel sinnvoller. Sind läutende Glocken nicht viel angenehmer als ein harter Stock?«

»Wenn du es so magst, Kleiner, soll es mir recht sein. Ich komm gleich zu dir, jetzt habe ich noch jemand anderem mein Adventstürchen zu öffnen.«

Unkel schritt durch einen dicken Vorhang – und war in der Hölle. Alles war rot, Frauen machten unbekleidet Gymnastik an Installationsrohren, und aus den Boxen kam alles andere als Weihnachtsmusik. Den großen Weihnachtsbaum zierten kopulierende Engel, die Kugeln glichen einzelnen Brüsten, obwohl diese für gewöhnlich doch paarweise auftraten, aber das Schlimmste war die Spitze, welche aussah wie ein männliches Glied und aus der rhythmisch Seifenblasen aufstiegen. Herr im Himmel, blicke bloß nicht in die tiefste Eifel!

Nachdem Unkel sich einige Jetons zu unsittlichen Preisen gekauft hatte, begann er damit wegzusehen, was sich als besonders schwierig herausstellte, da überall Anzüglichkeit lauerte, weswegen er einen Glühwein nach dem anderen orderte, um seine Sicht zu trüben. Er fragte jeden, der sich neben ihn setzte, nach Mandy Schlothausen, doch niemand schien von ihr gehört zu haben. Allerdings, so sagte ihm eine rothaarige junge Dame, die eine Hirtin darstellen sollte, worauf ihr winziger Schafsfellbikini deutete, trügen hier alle Künstlernamen. Unkel konnte sich weder vorstellen, dass seine verstorbene Pastoralreferentin einen solchen benutzt hatte, noch was sie in so einem Etablissement verloren hatte. Doch der Bischof hatte die Mission ausdrücklich angeordnet. Sogar mit einem leichten Schmunzeln. »Sehen Sie es als Fortbildung«, hatte er griemelnd gesagt.

Noch einen Glühwein. Drei Gläser für ein Halleluja!, dachte Unkel nach einiger Zeit, dabei waren es bereits deutlich mehr gewesen.

Und plötzlich wurde er torkelnd auf die Bühne gezogen.

Von der Weihnachtsfrau, die ihm ins Ohr schrie, dass er ja anscheinend ihr Mann sei und ihr deshalb unbedingt helfen müsse sich zu entkleiden. Zuerst war Unkel höflich, denn schließlich ist die Sünde und nicht die Sünderin zu verdammen. Doch nachdem ihm seine angebliche Frau ihre nach Papayas duftenden hervorstechendsten Körperteile durchs Gesicht gerieben hatte, floh er, den Namen des Herrn schreiend, aus dem Etablissement. Draußen angekommen fing er gar nicht erst mit dem Bekreuzigen an. Unter einer Wallfahrt nach Santiago de Compostela auf nackten Füßen und ohne Sonnencreme kam er ganz bestimmt nicht weg. Maria Laach würde definitiv nicht reichen.

Nur langsam rappelte er sich auf und starrte, als er wieder stand, abermals auf die sekundären Geschlechtsmerkmale von Frauen. In der neben dem Eingang des *Amore totale* angebrachten Fotogalerie wurde nämlich hochglänzend und in Farbe für die Darbietungen im Inneren geworben. Bei einer Dame konnte man das Gesicht zwar nicht sehen, denn es war hinter wuscheligen Federn verborgen, dafür aber die Kniescheibe.

Es war die von Mandy Schlothausen. Denn auf der rechten Kniescheibe war ein großes Muttermal in der Form von Nordrhein-Westfalen. Beim Messdienerausflug ins Hallenbad nach Bitburg hatte er es bei seiner Pastoralreferentin bewundern können.

Meine Güte, dachte Unkel, sie hatte wirklich hier getanzt! Wenn der Bischof das erfuhr! Oder der Kardinal! Geschweige denn der Papst! Was für ein Licht würde das auf die Gemeinde Welterscheid werfen?!

Obwohl es bestimmt auch neue Besuchergruppen erschließen könnte ...

Neben ihm wurde eine Tür zugeschlagen, es war der Hinterausgang des *Amore totale*. Dann folgte das Schlagen der Tür eines Wagens auf dem Parkplatz. Es war der rote Golf GTI von dem Foto in Mandy Schlothausens Wohnung!

Florian Unkel, Kaplan der Gemeinde Welterscheid, Führerschein Klasse 3, bisher kein Knöllchen wegen Falschparkens oder Geschwindigkeitsüberschreitung, unterwegs mit einem braunen Opel Kadett Baujahr 1987, entschied sich in diesem Moment, die erste Verfolgungsjagd seines Lebens vorzunehmen.

Entschlossen warf er seinen falschen Bart auf den Boden.

Jetzt würde er allen zeigen, was in ihm steckte! Ein Hoch auf den Glühwein!

10. Kapitel

von Monica Mirelli

Sie schien nur Minuten zu spät gekommen zu sein, ansonsten hätte sie den Täter auf frischer Tat ertappt. Von ihrem Beobachtungsposten vor dem Fenster konnte sie direkt in seine Wohnküche spähen. Das Opfer lag bereits zerstückelt auf dem Küchentisch. Erstaunlich wenig Blut war dabei geflossen. Die Holzplatte jedenfalls war picobello sauber. Über einem Feuer hing ein großer Kochtopf. Eine rötliche Flüssigkeit blubberte darin. Plötzlich wusste Carola Coltella, was er mit dem Blut gemacht hatte ...

Die Kommissarin ging zur Haustür und klopfte an. Eine Klingel gab es hier nicht. Genauso wenig wie einen Durchlauferhitzer oder eine Heizung. Anton Schlingengruber wohnte derart abgeschieden, dass es ökonomisch an Wahnsinn gegrenzt hätte, Leitungen bis zu seinem Refugium zu verlegen.

Man hatte sie gewarnt, von wegen Schlingengruber sei ein wenig »merkwürdig«. Kein Wunder, hauste er doch schon seit zwanzig Jahren mutterseelenallein in seiner Bruchbude. Allerdings hatte auch keiner der Kollegen Lust gehabt, sie zu begleiten. Da dieser Besuch ohnehin nur als Routinebefragung gedacht gewesen war, hatte sie sich ausnahmsweise allein aufgemacht.

Hinter der Tür näherten sich Schritte, im nächsten Moment wurde sie aufgerissen. Schlingengruber starrte sie mit erstaunten Augen an, seine Züge entspannten sich jedoch schnell, als er sah, wer ihn da in seinem Handwerk störte. *Nur eine Frau!* Sie konnte seine Gedanken geradezu von seinem Gesicht ablesen.

Coltella straffte die Schultern und stellte sich vor: »Guten Abend, Herr Schlingengruber? Mein Name ist Coltella, Kriminalhauptkommissarin. Ich bin hier, weil Sie es waren, der vor einem Jahr die Leiche einer Frau gefunden hat: Jessica Schlothausen.«

In den wässrigen Augen des Alten glomm so etwas wie eine Erinnerung auf. Dann drehte er sich um und ging wortlos zurück in seine Wohnstube.

Coltella fasste dies als Einladung auf, ihm zu folgen. In der Hütte war es eiskalt. Dennoch stapfte Schlingengruber mit nackten, schmutzigen Füßen über das Dielenholz. In der Wohnküche stank es bestialisch.

»'tschuldigung, dass nicht aufgeräumt ist. Hab' keinen Damenbesuch erwartet«, nuschelte Schlingengruber in seinen Bart und wies auf die Fleischbrocken auf dem Küchentisch. Im nächsten Moment hatte er sie bereits mit seinen riesigen Händen zusammengeklaubt und warf sie in die brodelnde, rote Brühe. »Wenn Sie woll'n, könn' Sie zum Essen bleiben.«

Die Kommissarin war nicht zart besaitet, doch diesmal spürte sie ein leichtes Würgen in ihrer Speiseröhre.

Schlingengruber deutete ihren Blick falsch. »Keine Sorge«, sagte er listig. »Der Hase ist vom Wochenmarkt. Oder trauen Sie mir etwa zu, dass ich wildere?«

Coltella traute ihm sogar eine ganze Menge mehr zu. Das sagte sie ihm jedoch nicht. Stattdessen fragte sie: »Wie war das eigentlich? In den Akten steht, dass diese Jessica schon ziemlich verwest war, als Sie sie gefunden haben.«

»Ehrlich gesagt, hab ich sie erst gar nicht von den Pilzen unterscheiden können, die um sie rumwuchsen!« Das kurze, trockene Lachen ging in einen Hustenanfall über. Natürlich hielt er sich dabei nicht die Hand vor den Mund. Dafür spuckte er auf den Boden.

Coltella sah nicht hin.

»Sie haben Sie also beim Pilzesuchen entdeckt? War es dafür nicht schon ein bisschen spät zu der Jahreszeit?«

»Ich hab nicht gesagt, dass ich welche gesucht hab«, erwiderte der Alte bauernschlau. »Nur, dass um sie rum welche wuchsen.«

Coltella nickte. Das konnte der Wahrheit entsprechen. »Da es sich beim Verwesungsprozess einer Leiche um einen komplexen biochemischen Vorgang handelt, kann es durchaus vorkommen, dass neben Einzellern auch mehrzellige Pilze ihre Nahrung aus dem Gewebe beziehen.«

Schlingengruber staunte über derartiges Fachwissen, dessen gehaltvolle Tiefe er jedoch nie würde ergründen können. »Jedenfalls war'n sie genießbar!«, behauptete er trotzig.

»Sie haben sie gegessen?« Der würgende Kloß in ihrem Hals ließ sich kaum noch unterdrücken.

»Man muss sehen, wie man über die Runden kommt«, kicherte der Alte. »Aber jetzt steh'n Sie nicht so ungemütlich herum. Setz'n Sie sich, ich werde Ihnen ja alles erzählen.«

Coltella sank auf das altersschwache Sofa. Neben einem Stuhl im Raum das einzige Sitzmöbel. Sie spürte, wie die Spiralfedern durch die Kleidung piekten. »Dann legen Sie mal los«, verlangte sie. Lange würde sie es nicht mehr in dieser Hütte aushalten. Sie glaubte bereits jetzt, zu ersticken.

»Erst müssen Sie mit mir anstoßen!«, befahl Schlingengruber. »Wenn Sie schon nichts essen wollen!«

Es klang wie eine Drohung. Der Waldschrat watschelte davon. Das platschende Geräusch der nackten Füße erinnerte die Kommissarin an einen riesigen Frosch.

Kurz danach kam er mit zwei dampfenden Tassen wieder. »Schlehenwein«, schwärmte er. »Eigene Herstellung.«

Coltella hätte es nicht gewundert, wenn der Alte auch noch eine Schnapsbrennerei im Hause betrieben hätte.

»Trinken Sie! Es wird Ihnen gut tun!«, drängte der Alte. »Sie scheinen mir sowieso etwas kühl zu sein.«

Coltella trank. Es konnte nicht schaden, sich das Vertrauen des Eingeborenen auf diese Weise zu erschleichen. Sie drängte zwar die Frage beiseite, wann der Becher wohl das letzte Mal gereinigt worden war, aber Alkohol desinfizierte ja, und der Schlehenwein schmeckte. Schmeckte sogar außergewöhnlich gut. »Mir ist nicht kühl«, widersprach sie. Bereits mit dem ersten Schluck breitete sich eine wohltuende Wärme in ihrer Bauchgegend aus.

»Trinken Sie den Becher ruhig leer!«, empfahl Schlingengruber. »Ist gut gegen die Kälte. Immerhin haben Sie ja noch den Rückweg vor sich. Wo parken Sie überhaupt?«

Sein Gesicht kam ihr plötzlich viel größer vor. Außerdem glaubte sie, jede einzelne Pore darin erkennen zu können. Die Couch, auf der sie saß, tanzte einen langsamen Walzer. Die Kommissarin schaukelte im Takt mit.

»Auf dem Parkplatz«, lallte Coltella. »Bevor es in Ihr Waldstück geht!«

Schlingengruber lächelte. »Ganz in der Nähe des Parkplatzes habe ich diese Jessica damals gefunden ...«

Hauptkommissarin Carola Coltella hatte tatsächlich noch einen zweiten Becher des köstlichen Getränks genossen. Und jetzt befand sie sich stolpernd auf dem Weg zurück zum Parkplatz. Es herrschte eifelfinstere Nacht. Sie wusste schon nicht mehr so recht, was der Alte noch alles erzählt hatte, aber ein bestimmter Satz hatte sich unauslöschlich in ihr Gehirn gefräst: »In jeder Ecke sind sie hier am Dealen, die hat sich eine Linie auf dem Wagen gezogen, 'ne lange Linie, danach ist sie ziemlich gewankt, sah ziemlich nuttig aus ...«

Die Kommissarin blieb stehen und atmete schwer. Aber das hieß doch – es hieß, dass Schlingengruber die Tote bereits vor ihrem Ableben gekannt und gesehen haben musste!

In diesem Moment fing es an zu schneien. Allüberall auf den Tannenspitzen sah Coltella plötzlich weiße Flöcklein blitzen ... Nein, es waren keine weißen Flocken, es waren goldene Lichtlein! Sie taumelte. Und hoch droben aus dem Himmelschor schwebten plötzlich drei Gestalten hervor. Coltella fiel der Länge nach hin. Als sie sich aufrappelte und umschaute, erkannte sie, dass sie sich an einer Wegkreuzung befand. Sie hatte keine Ahnung, welcher der Wege zum Parkplatz führte.

Die Gestalten waren nicht mehr im Himmel, sondern jede stand nun vor einem der möglichen Wege.

»Komm mit mir, Coltella«, flehte die erste Gestalt.

»Wer bist du?«, fragte Coltella. Sie spürte die Kälte kaum noch. Komisch. Die Gestalt entpuppte sich als kleines Mädchen. Es hatte schwarze Haare und trug Zöpfe. Irgendwie kam ihr die Kleine bekannt vor.

»Ich bin das Gespenst deiner Vergangenheit«, sagte das Mädchen, und plötzlich erkannte Coltella sich selbst wieder. »Du bist ...?«

»Ja, ich bin du!«

Für einen Moment sah sie sich selbst, wie sie als Kind in Italien aufwuchs, unbekümmert im Sand spielte, nach Muscheln suchte und auf den Schultern ihres Vaters im Meer herumtollte. Der Duft von Limonen kitzelte ihre Nase.

»Nein!«, sagte Coltella mit fester Stimme. »Nein!« So sehr sie auch Italien liebte, sie hatte die Entscheidung nie bereut, in ihrem zwanzigsten Lebensjahr nach Deutschland gezogen zu sein. Wie bei ihrer Mutter war es aufgrund einer Liebesaffäre gewesen. Achim. Er hatte die Semesterferien in Perinaldo verbracht. Zwei Jahre später war sie ihm nach Trier gefolgt. Die Affäre mit Achim war längst Schnee von gestern, aber ihre Beziehung zur Eifel war seitdem ständig gewachsen.

»Ich kann nicht mit dir gehen!«, sagte sie fest und entschied sich für den zweiten Weg.

Doch auch dort stellte sich ihr eine Frau entgegen. »Ich bin der Geist deiner Zukunft«, sagte diese. Die Frau war sehr alt, aber dennoch wirkte sie schön und weise.

Nur entfernt erkannte Coltella sich wieder. Der Drang, sich der alten Frau anzuschließen, war fast übermächtig. »Mit dir kann ich auch nicht gehen«, erkannte Coltella traurig. »Ich wäre gern wie du. Aber erst in fünfzig Jahren. Bis dahin habe ich noch viel zu erledigen!«

Blieb der dritte Weg. Irgendwie ahnte sie, was da auf sie zukam.

Auch dort stand eine Frau. Nein, eigentlich waren es zwei Frauen. Wie in einer gespenstischen Projektion lagen beide Bilder übereinander. Die eine Frau war Mandy Schlothausen. Bis auf Strümpfe und einen Stiefel war sie völlig nackt. Ihren Kopf verunstaltete ein Beil. Die zweite Ebene sah entfernt ihrer toten Schwester Jessica ähnlich.

»Ich bin das Gespenst deiner Gegenwart«, sagte die Frau. Sie sprach mit zwei Stimmen gleichzeitig. »Komm mit uns, damit wir dir unseren Mörder zeigen!« Die unheimliche Gestalt kam näher. Als sie nur noch einen Meter entfernt war, streckte sie die Arme aus und schien nach Coltella greifen zu wollen.

»Nein! Bitte – bitte nicht!«, flehte Coltella. Sie zwang sich, nicht zu schreien.

Da hatte die Unheimliche sie erreicht.

Diesmal schrie Coltella wirklich ...

... und erwachte in ihrem Wagen. Wie war sie hierher gekommen? Um sie herum war alles dunkel! Schnee lag auf der Frontscheibe. Schlingengrubers Schlehenwein. Die drei Gespenster. Nur geträumt. Zum Glück schien der Alkohol – oder was auch immer sie da getrunken hatte – verflogen. Was blieb, waren die Kopfschmerzen, das Kratzen im Hals und der pelzige Geschmack auf der Zunge.

Sie startete den Wagen. Die Wischer befreiten die Scheibe vom Schnee, aber sofort ließen sich neue Flocken darauf nieder.

Coltella gab Gas. Nur weg aus diesem Wald! Nie wieder würde sie allein ein Verhör bestreiten!

Der Wagen schlingerte ein wenig. Sie hatte immer noch keine Winterreifen aufziehen lassen.

Erleichtert atmete sie auf, als ihr kurz vor dem nächsten Ort eine Feuerwehr mit Sirenengeheul entgegenkam. Wahrscheinlich brannte irgendwo ein Adventskranz.

Jetzt war sie völlig sicher, wieder in der Wirklichkeit gelandet zu sein!

11. Kapitel

von Ralf Kramp

»Das ist komisch ... wirklich komisch«, sagte die alte Dame mit dem Lavendelduft. »Die Polizei sagte, es dürfe niemand in die Wohnung hinein.«

»Stimmt ja auch«, schnarrte Omma Brock und putzte sich geräuschvoll die Nase. »Die Wohnung ist dicht. Muss ja auch so sein. Ich bin die Zett-Spusi. Die zweite Spurensicherung. Nachdem die Jungens von der ersten durch sind, mache ich noch mal die Feinarbeit, kapiert?«

»Ich weiß nicht, ich weiß nicht ...« Die alte Dame war klein und wirkte überaus zerbrechlich. Sie schickte ängstlich einen Blick ihrer porzellanblauen

Augen zu der groben Frau hinauf, die sie um mindestens einen Kopf überragte. Ihr Leben war ganz schön in Unordnung geraten, seit ihre Untermieterin, Frau Schlothausen, tot aufgefunden worden war. Menschen kamen und gingen. Das alles war ihr viel zu aufregend.

»Geht schon klar. Der Kommissar weiß Bescheid.«

»Es war aber eine Kommissarin!«

Omma Brock zauderte keine Sekunde. »Kommissarin. Stimmt. Gut aufgepasst, gleich gemerkt. Also, die weiß Bescheid.« Sie stülpte sich ihre Wildlederhandschuhe über. »Spezialhandschuhe.«

»Sieht aus wie Wildleder«, maulte die alte Dame, immer noch nicht überzeugt.

»Sieht aus wie Wildleder, ist aber neomoltoprengetränktes Collagenhexoral.« Omma Brock war manchmal stolz auf ihre Einfälle. Sie stieg die ersten Stufen der Holztreppe zu Mandy Schlothausens Wohnung im ersten Stock hinauf und blickte verächtlich zur Vermieterin hinunter. Mit dieser kleinen Krücke wurde sie doch im Handumdrehen fertig. Sie tippte auf ihre ausgebeulte Handtasche. »Spezialeinsatzbeutel.« Sie kramte in der Tasche herum und förderte ihren Nasenhaarschneider zutage. »Spezialwerkzeug.« Dann deutete sie auf ihre groben Schnürschuhe. »Spezialschuhe. Säurefest, Stahlkappen, Raumfahrtgetestet.«

Seufzend resignierte die alte Dame, kramte einen Schlüssel aus der Tasche ihrer blütenweißen Kittelschürze und schickte sich an, Omma Brock auf die Treppe zu folgen.

»Nee, nee«, raunzte diese und öffnete fordernd die Rechte. »Wir wollen doch keine neuen Spuren hinterlassen, was?«

Mit zitronensaurer Miene reichte ihr die Frau den Schlüssel.

Wenig später stand Omma Brock in Mandy Schlothausens Wohnung und hatte Mühe, den heruntergeklappten Unterkiefer wieder hinaufzubekommen. Für all diese Kleider hatte sie den groben Zuschnitt gemacht. Taft, Tüll, Satin, Tweed ... alles 90 Komma 4, 60 Komma 8, 91 Komma 2. Kaum zu glauben. La Befana und diese Pastoraltrine waren tatsächlich ein und dieselbe Person. Wenn sie das demnächst beim Friseur erzählte!

Omma Brock griff sich ein blassgrünes Chiffonkleid aus dem Kleiderschrank und ging damit zu dem großen Spiegel im Wohnungsflur. Im Licht der funzeligen Deckenlampe hielt sie sich das Kostüm vor ihre barocken Rundungen. Rechts und links ragten die Wölbungen ihres Körpers hinter dem Stoff hervor. Und oben und unten auch. Nun ja, ein kleines Keilchen hie und da in die Naht ... und hüben und drüben auch noch ... und noch dort ... und dort ... Könnte man hinkriegen. Und blassgrün stand ihr auch gut. Sie hatte sich schon immer eher für den Pastelltyp gehalten.

Plötzlich wurden im Treppenhaus Stimmen laut. Omma Brock riss die wässrigen Augen weit auf und verabschiedete sich von ihrem Spiegelbild. Das Kleid hängte sie achtlos an den Garderobenhaken, und dann blickte sie sich panisch in der Wohnung um, um einen Unterschlupf zu finden.

»Polizei ... Polizei ... mais oui, isch bin die Polizei. Wir ermitteln international, Madame ...« Ihr Ex-Chef! Omma Brocks Nüstern weiteten sich, als bahne sich giftiger Qualm seinen Weg nach draußen.

Die Stimme der Hausbesitzerin klang flehentlich. »Aber mein Herr, das geht doch nicht. Da ist doch schon ...« Aber Ducruet schwadronierte weiter. »Schon alles gesucht durch und durch. Isch weiß, isch weiß! Ich bin noch ein Spurensischerung!«

»Die dritte?«, zeterte die Frau. »Ich habe noch nie was von einer dritten ...«

Die Wohnungstür wurde aufgerissen, als Omma Brock die Balkontür hinter sich zuzog. Ducruet kam hereingestürzt, warf die Tür hinter sich ins Schloss und blieb schwer atmend inmitten des Wohnzimmers stehen.

Schneeflocken, groß wie Wattebäusche, umwirbelten Omma Brock, die sich auf dem winzigen Balkon an die Hauswand drückte, um nicht von dem Mann im Inneren der Wohnung gesehen zu werden. Sie setzten sich auf ihre Pelzmütze, klebten sich auf die Gläser ihrer Brille, überzogen ihre ganze grobschlächtige Gestalt mit einem weißen, fedrigen Film. Sie beugte sich ein wenig vor, um Ducruet beobachten zu können.

Wie ein Derwisch tanzte er in der Wohnung herum, griff zitternd nach den Kleidern, die an diversen Bügeln hingen, ließ die fahrigen Finger durch Rüschen streifen, umarmte schlotternd Schnei-

Francois Ducruet

derpuppen mit weiteren Kleidern, und sie hörte, wie er schluchzte und jammerte. Schließlich sackte er zu Boden, kroch in die Mitte des blass gemusterten Teppichs und krümmte sich wie ein geprügelter Hund. Heftiges Schluchzen schüttelte seinen Körper.

»Nun mach schon, verzieh dich, du Backpfeifengesicht!«, brummte sie leise und gefährlich. »Mir wachsen Frostbeulen auf der Cellulite.«

Ducruet sprang auf und versetzte sich selbst ganz unvermittelt ein paar kräftige Ohrfeigen.

»Brauch ich das nicht mehr zu machen«, knurrte Omma Brock, der das Schmelzwasser vom Stoppelkinn in den Kragen tropfte und zwischen ihren gewaltigen Brüsten südwärts rann. Ihre silberdrahtigen Nackenhaare kräuselten sich in stummem Entsetzen, als der Franzose im nächsten Moment ohne Vorwarnung die Balkontür aufriss, in die schneedurchtanzte Schwärze des Winterabends hinaussprang und sich am Balkongeländer festklammerte.

Omma Brock drückte sich noch näher an die Wand, kollidierte mit einem dort aufgehängten Vogelhäuschen und bewahrte es durch beherztes Zugreifen davor, polternd herunterzufallen.

Ducruet hatte die Augen geschlossen, sammelte offensichtlich alle Kraft und vermittelte beinahe den Eindruck, als wolle er sich in die Tiefe stürzen. Aber dann öffnete er den Mund und sandte den ohrenbetäubend lauten, schrillen Schrei einer bis aufs Blut gequälten Kreatur hinaus in den Eifelwinter.

Fast wäre jetzt Omma Brock vor Schreck vom Balkon gefallen.

Ducruets Schrei ging in ein erbärmliches Schluchzen über. Plötzlich dudelte sein Telefon die Marseillaise.

»Allo, Chérie«, meldete sich Ducruet, der sich rasch wieder um Fassung bemühte.

Aha, Madame Ducruet. Nur sie nannte er Chérie. Und früher seinen Pudel Bijou, aber den hatte Omma Brock heimlich vergiftet, weil er sie jeden Morgen angekläfft hatte.

»Non, mit Mailand ist alles abgeklärt, Chérie. Sie wissen Bescheid ... Oui, Chérie ... Oui, Chérie ... Wir spreschen über die Frühlingsfarben, wenn du wieder bist da'eim, Chérie ... Oui ... Wo isch bin? Unterwegs in die Schnee. Isch gucke nach die Setting für die Shooting in die nächste Tage. Eine Berg mitten in die Vulkaneifel. Eine Burgruine. Très beau ... Das Kleid für die Christkind? Fast fertig ... Oui, bald kriegt es zwei klein Flügelschen.« Er schwieg einen Moment und hauchte dann: »Isch disch auch, meine Schatz.«

Omma Brock hätte ihm am liebsten das Vogelhäuschen auf den Schädel geschmettert!

Dann beendete Ducruet das Gespräch. Er wandte sich um, stürzte durch die Wohnung hindurch ins Treppenhaus, und wenige Augenblicke später sah sie seine kleine Gestalt unten aus dem Haus laufen. In der Ferne heulte wieder mal irgendwo eine Sirene. Wahrscheinlich wieder ein übermütiges Adventskerzchen.

Verwirrt stapfte Omma Brock zurück in Mandy Schlothausens Wohnung. Das Vogelhäuschen hielt sie noch immer in der Hand. Die kleine Holzstange zum Landen war abgeknickt, das Dach hatte sich gelöst. »Was für ein Quadratarschloch!«, sagte Omma Brock barsch zu ihrem Spiegelbild im Wohnungsflur. »Hättest du ihn nicht runterschubsen können, den blöden Froschfresser?« Sie wollte gerade das Vogelhäuschen weglegen, als sie im Spiegel durch das kleine, runde Loch auf der Vorderseite des Holzkästchens blickte und etwas Rotes im Inneren wahrnahm. Sie entfernte das Dach ganz und fand ein kleines Notizbuch, wasserdicht verpackt in einem Gefrierbeutel. Oho, Frau Schlothausen hatte also Geheimnisse!

Sie ließ die knorrigen Finger durch die Seiten fliegen und fand Notizen und Skizzen. Auch ein Foto fiel ihr entgegen. Der Typ hatte strohblondes, stoppelkurzes Haar und eine regelrechte Verbrechervisage. Wer sollte das sein? Die letzte Eintragung im Notizbuch lautete:

Dreamtea Teekontor, Abfahrt Feuerscheid, Rtg. Lasel, Alte Schmiede!

Die Notiz war kräftig rot umkringelt. Omma Brock blickte auf ihre Armbanduhr. Nun ja, vielleicht kriegte sie sogar noch einen Bus.

12. Kapitel

von Carsten Sebastian Henn

Er zerzauste sich die Haare. Jetzt sah er bestimmt wild aus! Die Welt sollte ruhig sehen, wozu ein junger Kaplan mit Glühwein im Blut fähig war. Haha! Und: Hohoho! Unkel trat das Gaspedal entschlossen durch – was den alten Wagen nur unwesentlich beschleunigte. Wie ein verschlafenes Murmeltier bewegte er sich durch den Wald, der nun mit Zuckerguss überzogen wurde – nur dass dieser die Fahrt zu einer Rutschpartie werden ließ.

Florian Unkel spürte, wie seine Hinterreifen ausbrachen, rief »Ho! Ho! Ho!« und brachte den alten Opel Astra wieder auf Spur. Den vor ihm fahrenden, roten Golf GTI behielt er immer im Blick. Der Fahrer hatte sich eine Zigarette angezündet und hielt sich ein Handy ans Ohr. Wie konnte man nur so unverantwortlich sein, dachte Unkel und merkte, wie seine Hand – als habe sie ein Eigenleben – nach dem nächsten Glas Glühwein griff. Das leider nirgendwo zu finden war.

Wer mochte in dem Wagen sitzen? Eine junge ... Tänzerin? Vielleicht die Dame mit den roten Stiefeln? Oder vielleicht einer der in eng sitzende Anzüge gekleideten Männer, die weniger Haare auf dem Kopf hatten als die Plage seiner Gemeinde, Omma Brock, auf der Oberlippe? Er würde das Wort Gottes gegen ihre Fäuste stellen.

Und bei Schlägen auf den harten Buchrücken des Gotteslobs vertrauen.

Gerade als die beiden Wagen aus dem Waldstück kamen, wurden sie von einem Löschfahrzeug der Feuerwehr überholt, dessen Blaulicht und Sirene in Unkels glühweinumnebelten Kopf wie höllische Qualen schnitten. Das amtliche Fahrzeug hielt auf einen Bauernhof zu, in dessen Panoramafenster ein Weihnachtsbaum zu erkennen war, der offensichtlich beschlossen hatte, dass ein paar brennende Kerzen zu wenig waren, und der deshalb selbst Feuer gefangen hatte.

Der Fahrer des Golf GTI wurde etwas langsamer, genoss die Aussicht und fuhr wieder an, nachdem er die Zigarette aus dem Fenster geschnippt und sich sogleich eine neue angezündet hatte.

Unkels Handy klingelte, vielmehr ließ es das Geläut des »Decken Pitter« erklingen, der größten Glocke des Kölner Doms.

Unkel achtete leider nicht auf die Nummer im Display, als er dranging. »Ho! Ho! Ho!«, rief er hinein, wonach ihm automatisch ein kicherndes »Hihihi!« über die Lippen kam. »Wer wünscht den Weihnachtsmann zu sprechen? Audienz nur gegen Glühwein!« Er legte noch ein »Ho! Ho! Ho!« nach.

»Unkel? Sind Sie das? Sie klingen ja voller als der selige Pfarrer Menningheim an Maria Himmelfahrt!«

»So gehe hin und iss dein Brot mit Freuden, trink deinen Wein mit gutem Mut; denn dein Werk gefällt Gott. – Prediger 9,7!«

»Aber doch nicht so viel!«

»Sie haben doch selbst gesagt, ich soll ...«

»Ach, was schert mich ...! Gar nichts habe ich gesagt, hören Sie? Ich bin überhaupt nicht am Telefon!«

»Dann muss es der Glühwein sein.« Unkel legte auf. »Klang genau wie der Bischof, der Glühwein«, sagte er zu sich selbst. »Dolles Zeug.«

Es klingelte wieder.

»Bist du es wieder, Glühwein? Komm doch mal mit deiner Familie vorbei, ich hab nämlich Brand!«

»Jetzt reißen Sie sich zusammen, Mann! Ich wollte Ihnen nur mitteilen, dass Sie sich im Zusammenhang mit dem gewaltsamen Tod der jungen Mandy Schlothausen einmal mit dem Modeschöpfer Jean-Claude Ducruet beschäftigen sollten. Mir ist zugetragen worden, dass er in Verbindung zu ihr stand. Er könnte etwas wissen.«

»Aber nur, wenn ich nächsten Sonntag Glühwein zur Messe bekomme!«

Er erhielt keine Antwort, sondern nur ein Freizeichen.

Ein Wagen kam ihm entgegen. Er fiel Unkel auf, weil es auch ein Golf war. Fuhren die Menschen keine anderen Autos mehr? In diesem saß eine hübsche, junge Frau mit einem Blick, der noch kälter wirkte als die mittlerweile in keusches Weiß gewandete Eifel. Aber sie war so gut angezogen, dass Unkel direkt an eines der Modemagazine von Mandy Schlothausen denken musste. Die Eifel – Hochburg der Schönen.

Nur die Reichen wohnten woanders.

Und spendeten leider nie bei der Kollekte.

Der Wagen vor ihm hielt an einer schwarzweißen Fachwerk-Lagerhalle und stellte das Fahrtlicht ab. Unkel war immerhin noch so klar bei Verstand, dass er nicht ebenfalls direkt anhielt und so auf sich aufmerksam machte, sondern weiterfuhr und seinen Opel einige Meter entfernt in den Wald lenkte, dabei das Leben dreier junger Eichen und eines Mistkäfers beendend.

Er stieg aus. Und verkniff sich sogar ein »Ho! Ho! Ho!« Denn eigentlich hatte er eine Heidenangst.

Und das geziemte sich für einen katholischen Priester überhaupt nicht.

13. Kapitel

von Monica Mirelli

Draußen schneite es. Carola Coltella erinnerte sich, irgendwo gelesen zu haben, dass die Eskimos mehrere Dutzend Wörter für Schnee hätten. Die Eifeler hatten nur eins – egal, ob der Schnee fiel oder liegen blieb, sich als Matsch oder festgefrorene Oberfläche präsentierte. Die deutsche Sprache war da nicht sehr fantasievoll. Außerdem war für sie der Schnee etwas Weibliches, Sanftes. Im Italienischen bedachte man ihn daher mit einem femininen Artikel und sprach von »la neve«. Allein das Wort klang wie ein Streicheln.

Sie hatte noch immer keine Winterreifen. Eigentlich hatte sie vorgehabt, sie heute aufziehen zu lassen. Aber dann war ihr eingefallen, dass im Keller gar keine mehr lagerten. Bereits nach dem letzten Winter waren die Reifen völlig abgefahren gewesen, und sie hatte sie gleich entsorgen lassen. Das bedeutete, dass sie viel tiefer in die Tasche würde greifen müssen als vorgesehen. Ärgerlich! Dabei war das Weihnachtsgeld schon mindestens zur Hälfte ausgegeben. Der Rest war verplant. Geschenke für die zahlreiche Verwandtschaft in Italien. Schließlich würde sie nach Jahren endlich wieder das Weihnachtsfest bei ihren Eltern in Perinaldo verbringen.

Wenn sie bis dahin den aktuellen Fall gelöst hatte! Sie seufzte. Im Moment sah es nicht danach aus.

In diesem Augenblick betrat ihr Assistent Winfried zu Clairvaux das Büro. »Neuigkeiten, Chefin! Ich habe eine Werkstatt aufgegabelt, die noch ein Paar funkelnagelneuer Pirelli-Reifen in Reserve hat. Zum Sonderrabatt!«

Sie hatte Clairvaux damit beauftragt, sich mal für sie umzuhören. Er nannte einen wahnwitzigen Preis.

»Komplett auf Alu montiert, zugelassen bis 190 km/h, mit Snowcontrol und Ultragrip. Und die Montage ist im Preis auch schon drin!«

»Ich fahre nur einen winzigen Lupo«, erinnerte ihn die Kommissarin. »Da brauche ich keinen Reifen, der teurer ist als das gesamte Fahrzeug. Außerdem erreiche ich auch im Sommer bergabwärts keine 190 km/h«

»Dann müssen Sie sich eben selbst bemühen«, entgegnete Clairvaux. Seinem Mienenspiel war zu entnehmen, dass er eingeschnappt war. »In der ganzen Eifel bekommen Sie keine Winterreifen mehr!«

»Mal was anderes: Was macht eigentlich der Fall Schlothausen?«, erkundigte sich die Kommissarin. Vielleicht konnte sie wenigstens auf diesem Gebiet punkten.

»Da bin ich weitergekommen als bei der Reifensuche. Wir haben herausgefunden, dass die Pastoralreferentin sich nach Trier hat versetzen lassen, nachdem ihre Schwester Jessica vor einem Jahr gestorben ist.«

»Vielleicht wollte sie ihrer toten Schwester nahe sein. Wo ist sie denn bestattet?«

»In Trier. Mandy Schlothausen hat das Grab ihrer Schwester jeden Freitag besucht und mit frischen Rosen geschmückt. Anscheinend hat sie sehr gelitten.«

»Haben Sie herausgefunden, wo Mandy Schlothausen zuvor beschäftigt war?«

»In Flensburg. Ebenfalls als Pastoralreferentin.«

Coltella pfiff ganz undamenhaft durch die Zähne. »Seltsam, im Leben waren die beiden Schwestern längst nicht so verbunden wie im Tode. Immerhin hat es Mandy bis dahin nichts ausgemacht, derart weit entfernt von ihrer Schwester Jessica zu wohnen. Erst als diese starb, suchte sie die Nähe der nunmehr Toten.«

»Vielleicht hat sich ihr schlechtes Gewissen gemeldet?«, mutmaßte Clairvaux.

Die Kommissarin schüttelte den Kopf. »Warum? Sie war die Jüngere und wohl kaum in der Pflicht, auf Jessica aufzupassen.« Sie musste daran denken, was ihr Schlingengruber erzählt hatte. Offenbar war Jessica Schlothausen im Drogenmilieu gelandet. »Vorausgesetzt, bei Jessicas Unfall wurde ein wenig nachgeholfen, vielleicht hatte Mandy ja einen Verdacht, wer es gewesen sein könnte.«

»Oder sie ist nach Trier gezogen, um es herauszufinden!«

Kommissarin Coltella sah ihren Assistenten überrascht an. »Sie haben tatsächlich mal einen Geistesblitz, Clairvaux! Ich werde diesen Tag rot im Kalender anstreichen! Aber nur, wenn sich Ihr Geistesblitz nicht als Strohfeuer erweist.«

»Mitnichten«, antwortete Clairvaux gekränkt und schob nach: »Wir haben noch etwas entdeckt: Mandy Schlothausen trug ausschließlich Kleider eines französischen Couturiers. Allein mit einem Pastoralreferentinnengehalt sind solche Klamotten unbezahlbar.«

Coltella zog die Augenbraue hoch. »Soweit alles gut und schön, aber wann folgt denn der nächste Geistesblitz?«

»Zufällig kenne ich das Label und den Macher«, brüstete sich Clairvaux. »Hab mir selbst mal einen Anzug bei ihm schneidern lassen wollen. Der Typ heißt Jean-Claude Ducruet und ist nicht ganz dicht.

Er hatte Preise, dagegen sind die Pirellis die reinsten Schlussverkäufe.«

»Ihr Geistesblitz!«, erinnerte ihn Coltella.

»Nun, seine Kreationen kriegen Sie hier in keinem Laden zu kaufen. Sie müssen ihn schon in seinem Schlösschen beehren. Und das befindet sich ganz in der Nähe der Fichtenschonung, in der Mandy Schlothausen tot aufgefunden wurde!«

14. Kapitel

von Ralf Kramp

»Da hält der Bus aber nicht«, hatte der Busfahrer gesagt.

»Da hält der Bus aber sehr wohl!«, hatte Omma Brock mit Nachdruck erwidert und dabei den Griff ihres Regenschirms mehrmals kraftvoll in ihre Linke geklatscht. Der Bus hatte dann auch tatsächlich exakt an der Stelle gehalten, die sie dem Busfahrer beschrieben hatte.

»Ski heil«, hatte der Busfahrer gesagt, als sie in den Flockenwirbel hinausgestiegen war, und so schnell es ging die Bustür wieder verschlossen.

»Du mich auch«, hatte Omma Brock gebrummt.

Als sie durch den knöcheltiefen Schnee stapfte, ließ sie sich noch einmal das Geschehen in der Wohnung von Mandy Schlothausen alias La Befana durch den Kopf gehen. Sie sah den öligen Franzosen vor ihrem geistigen Auge, wie er durch die Wohnung wirbelte. War das nun der Ausdruck seiner Trauer gewesen? Hatte er erst jetzt, genau wie sie selbst, erfahren, dass diese Pastoralhusche und die Porzellanmaskentante ein und dieselbe Person waren? Hatte der Schmerz um den Verlust und um die Erkenntnis, dass die Knie vom Frollein ihm nun für immer versagt bleiben würden, ihn die Wohnung aufsuchen und sich dort ausheulen lassen? Oder hatte er doch was mit ihrem Tod zu tun und suchte nach etwas Belastendem? Denn hinter irgendwas war die Schlothausen ja nun her gewesen, und irgendwen musste sie ja gefürchtet haben, denn sonst hätte sie ja nicht ihre Notizen im Vogelhäuschen versteckt, wo noch nicht mal die superschlaue Polizei sie gefunden hatte.

Wer war der hässliche Typ mit der Strohstoppelfrisur? Ducruets gedungener Killer? Schon möglich. Einen saftigen Mord von eigener Hand hätte sie dem Hänfling sowieso kaum zugetraut.

Omma Brock war sich mit jedem Schritt durch den knarrenden Neuschnee sicherer, dass sie sich Ducruet hätte zur Brust nehmen sollen. Vorhin in der Wohnung, das wäre eine famose Gelegenheit gewesen.

Was war mit seiner Frau? War sie wirklich in der Weltgeschichte unterwegs? Und da war schon wieder dieses Christkindkleid im Spiel gewesen. Eine wirklich seltsame Geschichte ...

Blechernes Geheul von der Straße schwoll an und rasch wieder ab. Schon wieder ein Feuerwehrauto! Seit die hier das Feuer entdeckt hatten, kokelte es überall in der Eifel.

Der Busfahrer hatte ihr beschrieben, wo dieses Teekontor zu finden sein sollte. Hatte diese Arschgeige sie etwa in die falsche Richtung geschickt? Dieser verschlagene Wicht! Andererseits hatte er ihr unterwegs einen Kaffee aus der Thermoskanne angeboten, wegen der Kälte. Sie beide waren allein im Bus gewesen. Omma Brock hatte das Gefühl gehabt, er habe ein bisschen Angst vor ihr bekommen. Sie hatte ihm die ganze Thermoskanne leergetrunken.

Jetzt taperte sie hier durch die Finsternis und musste mal dringend aufs Klo. Und von dem fiesen Kaffee hatte sie Sodbrennen. Na ja, irgendwann würde sie ja wieder mal den Bus nehmen ...

Es rieselten die letzten Flöckchen zur Erde, und die Wolkendecke riss ganz plötzlich auf. Und dann sah Omma Brock auch schon das Teekontor *Dreamtea*. Der Name stand in hässlich gelben Klebebuchstaben auf einem verbeulten Schild, auf dessen Untergrund noch undeutlich die alte Schrift *Landmaschinen* zu lesen war. Sie musste wieder sauer aufstoßen und spuckte ein braunes Loch in die im Mondschein glitzernde Schneedecke. Dann stiefelte sie entschlossen auf das alte Backsteingebäude mit dem rostigen Schiebetor zu.

Auf der rechten Seite drang aus einigen alten, fast blinden Fabrikfenstern Licht in die Nacht. »Nachtschicht«, knurrte Omma Brock. »Genau wie ich.«

Bevor sie klopfte – und das würde sie garantiert tun, allein schon, um die Firmentoilette zu benutzen

– konnte es nicht schaden, mal einen vorsichtigen Blick durch eins der Fenster ins Innere zu werfen.

Sie stapfte also rechterhand um die Hausecke, wobei sie immer wieder ins Straucheln geriet, weil der Schnee dichtes Gestrüpp und die ein oder andere Untiefe im Gelände mit einem makellosen, weißen Kleidchen bedeckt hatte.

Schließlich erreichte sie das erste Fenster und reckte sich, um hineinzuspähen.

Sie sah Paletten und Kisten. Sie sah Packtische und Kartonagen. Flackernde Neonröhren schütteten ihr weißes Licht über die Szenerie. In einem alten Fabrikofen loderte ein munteres Feuerchen. In einer Ecke des Raums war eine einzelne Gestalt mit einer offenbar mechanischen Arbeit auf einem der Tische beschäftigt. Omma Brock konnte es nicht genau erkennen, aber es hatte den Anschein, als sei der Mann dabei, Teedosen in Kartons zu verstauen.

So ging das nicht. Sie musste näher ran.

»Kacke, elende«, brummte sie, als sie sich an der groben Ziegelmauer entlangtastete. Ihre Füße spürte sie schon gar nicht mehr. Erfroren, garantiert. Wahrscheinlich würden beide amputiert werden müssen. Nun ja, wenigstens kein Zehennägelschneiden mehr. Ging sowieso nur noch mit der Kneifzange.

Jetzt hatte sie das Fenster erreicht, das dem Arbeitsplatz des Mannes am nächsten liegen musste. Hier aber fiel das Gelände leicht ab, sodass sie sich erst etwas suchen musste, auf das sie draufklettern konnte, bevor ihr ein weiterer Blick in die Halle hinein gewährt werden würde. Sie fand einen rostigen, alten Einkaufswagen, den sie quer legte. Im Gestänge der Karre knackte es bedenklich, als Omma Brock auf sie draufkletterte. Sie balancierte die richtige Position aus, wobei sie die schwere Handtasche durch die Luft wirbelte. Vom Mondschein beglänzt führte sie in der kalten Winternacht eine Art stummes Tanztheater auf. Pina Bausch meets Sumo.

Schließlich hatte sie einen stabilen Posten eingenommen.

Tatsächlich sah sie den Mann jetzt von Nahem. Sie hatte es geahnt, aber als ihre Ahnung nun bestätigt wurde, war sie dennoch überrascht. Er war kein anderer als die Hackfresse auf dem Foto, das sie in Mandy Schlothausens Vogelhäuschen gefunden hatte. Blonde Stoppelhaare, beispielhafte Verbrechervisage.

Und der handelte mit Tee? Tatsächlich verstaute er Teedosen in großen Pappkartons! Geradezu liebevoll machte er das.

Jetzt klebte er gerade einen Karton mit Paketband zu. Die Lippen gespitzt, fröhlich pfeifend wahrscheinlich. Ein ehrlicher Fabrikarbeiter. Überstunden. Womöglich, um sich ein paar Mäuse zusätzlich zu verdienen, damit er den Kindern ein paar Printen auf den Teller legen konnte.

Omma Brock war gerade im Begriff, sich Vorwürfe zu machen, weil sie vorschnell geurteilt hatte, als sich der Mann an eine neue Ladung

Teedosen machte. Er klaubte die Blechdeckel von den Behältnissen. Und dann sah sie, dass er zusätzlich zu den zellophanierten Beuteln voller Tee noch etwas anderes in den blechernen Schmuckdosen verstaute. Jeweils ein kleines Tütchen kam mit hinein. Tütchen, in denen sie von ihrem Platz aus nur ungenau ein weißes Pulver ausmachen konnte. So ein Drecksack! Leise rieselt der Schnee ...

Und dann sah Omma Brock noch etwas.

Quer durch die Halle konnte sie hinter einer der Fensterscheiben auf der gegenüberliegenden Seite des Gebäudes ein blasses Gesicht ausmachen, das in der Winternacht regelrecht leuchtete. Ein Gesicht mit weit aufgerissenen Augen. Konnte das ...? War das etwa ...? Kein Zweifel. Das war doch tatsächlich dieses Hemd von einem Kaplan!

Unter ihr gab der Einkaufswagen seinen Kampf gegen Omma Brocks Pfunde auf und sackte mit einem metallenen Seufzer langsam in sich zusammen.

15. Kapitel

von Carsten Sebastian Henn

Es war tatsächlich Omma Brock!

Mit einem Mal war Unkel nüchtern.

Die musste der Teufel geschickt haben.

Graue Haare sind eine Krone der Ehren, die auf dem Wege der Gerechtigkeit gefunden wird, hieß es im Alten Testament, Sprüche 16,31. Doch die Bibel kannte Omma Brock nicht. Ihre Vorfahren mussten Waldgnome und Trolle gewesen sein, anders war dieses Wesen nicht erklärbar. Omma Brock war bei einer seiner, wie er fand, besten Predigten zum Thema »Die Todsünden und andere Verfehlungen« aufgestanden, hatte laut vernehmlich »Nä, was ist das schnarchlangweilig!« gesagt und sich beim Hinausgehen im Taufbecken noch kurz die knubbeligen Hände gewaschen.

Eine davon drückte sie ihm jetzt auf den Mund, nachdem sie um die Lagerhalle zu ihm geschlichen war.

»Was hast du denn hier zu suchen? Und noch dazu in einem schlecht sitzenden Nikolauskostüm. Schlampiger Grobschnitt, sehe ich gleich.« Sie packte den roten Mantel am Saum und riss ihn auf. »Sag ich doch, Dreck. Schmeiß das Ding weg.«

Unkel trennte ihre Hand von seinem Mund und bemerkte danach einen unangenehm fauligen Geschmack auf den Lippen. Merkwürdigerweise musste er plötzlich an nasse Hunde denken. »Was machen Sie hier mitten in der Nacht, Frau Brock?«

»Nenn mich Omma, oder du bekommst ein Bützchen, Kleiner.«

»Omma.«

Sie erzählte von dem Hinweis auf das Teekontor. »Und Sie wollten Tee kaufen? Oder verdienen Sie sich in Ihrer Freizeit was dazu?« Sie legte den Kopf schief, und Unkel bekam Angst. »Was tragt ihr Weihnachtsmänner eigentlich drunter?« Sie lüpfte den Mantel. »Das können die Schotten aber besser!«

»Ich bin hier, weil der Mann dort drinnen aus einem Nachtclub stammt, in dem Frau Schlothausen gearbeitet hat.«

»Nee!«

»Doch!«

»Nee!«

»Oh, wohl!«

»Nee, nee, nee. Das kleine Flittchen. Da leck mich doch am Popöchen, Herr Kapellmeister!«

Unkel versuchte sich nicht vorzustellen, wie der arme Welterscheider Kapellmeister das tat. Der Mann hatte schließlich Frau und Kinder!

Omma Brock stöberte in den Untiefen ihrer voluminösen Handtasche, kramte ein Fläschchen hervor und nahm einen Schluck aus einem Flachmann. Als sie ihm das Behältnis auffordernd entgegenreckte, lehnte Unkel dankend ab und bekreuzigte sich. Wie gern hätte er jetzt einen frischen Weckmann zur Beruhigung gegessen. Der Kirschlutscher daran wirkte bei ihm immer Wunder.

»Und ich dachte, das Hühnchen hätte nur mit Mode zu tun gehabt. Nur die besten Stoffe bei sich zu Haus! Und als La Befana in der Modewelt herumzauseln. Die Menschen sind schlecht. Lass es dir von mir gesagt sein, Herr Kaplan!«

Omma Brock konnte einem fraglos nicht nur den Glauben an das Gute im Menschen, sondern auch an einen gütigen Gott nehmen. »Aber was hat das alles mit diesem Teehaus zu tun und den Zuckersäckchen, die der Herr aus dem *Amore totale* in die Dosen gibt?«

»Sag mal, Kaplan, haben sie dich mit dem Klammerbeutel gepudert?« Ihre kleine, rotglänzende Knubbelnase kam ganz nah an seine, und er wusste auf einmal, was mit dem Hauch des Todes gemeint war. »Das ist kein Zucker. Das kenn ich vom Derrick. Das sind Drogen, Koks, Heroin, so ein Zeug. Der steckt bestimmt mit dem Ducruet unter einer Decke. Dem Sausack mache ich die Hölle heiß!«

Keine Frage, dachte Unkel, das würde diese unmögliche Frau bewerkstelligen können. Sie hatte bestimmt Erfahrungen aus erster Hand, wie es im Reich des Teufels aussah.

Die Tür der Lagerhalle öffnete sich, und der Teedosenbefüller trat heraus. In der einen Hand eine Taschenlampe, in der anderen eine Pistole.

»'n Abend, die Herrschaften. Kommen Sie doch mal auf einen Sprung rein zu mir.«

16. Kapitel

von Ralf Kramp

Das Metalltor schloss sich hinter ihnen mit einem dumpfen Donnern. In der Halle verströmte der Bollerofen einen beinahe gemütlichen Duft von brennenden Holzscheiten, der sich mit dem Geruch von Kartonagen und einem kaum wahrnehmbaren Tee-Aroma vermischte. Trotz des Ofens war es kühl, und im Gebälk der Deckenkonstruktion hoch über ihren Köpfen spannten sich Spinnennetze wie kleine, seidene Baldachine.

Der Kaplan deutete mit spitzem Finger auf die Waffe in der Hand des Mannes mit der blonden Stoppelfrisur. »Muss das sein?«

»Muss nicht. Wenn Sie mir nichts tun, steck ich das Ding weg.«

»Sicher doch, sicher doch!« Der Kaplan schien durchaus bereit, nichts zu tun, was den Mann weiterhin zum Gebrauch dieses todbringenden Geräts veranlassen könnte. Er guckte aus den Augenwinkeln zu Omma Brock herüber. Bei ihr war er sich offenbar nicht ganz sicher. Zu Recht! Sie hatte vor ein paar Monaten erst dem Zeitungsboten mit dem Kehrblech die Nase blutig geschlagen, weil sie ihn für einen frühen Einbrecher gehalten hatte.

Omma Brock brummte: »Nun machen Sie sich mal nicht gleich in die Hose, Herr ...«

»Nennen Sie mich Vincenzo. Das tun alle. Und Sie sind ...?«

»Kaplan Unkel«, sagte Kaplan Unkel.

»Omma Brock«, sagte Omma Brock. »Also weg mit dem Schießeisen, Jungchen. Oder sehen wir aus wie die Panzerknacker?«

Der Stoppelmann lächelte amüsiert. »Nein, nicht gerade.« Er verstaute die Pistole in einem Holster unter seiner linken Achsel. »Aber was turnen Sie denn dann draußen vor den Fenstern rum?«

»Ich hab mich verfahren« und »Ich hab mich verlaufen«, sagten Kaplan Unkel und Omma Brock gleichzeitig. »Und Sie?«, setzte Omma Brock nach und knetete den Griff ihrer Handtasche. »Was machen Sie hier?«

Vincenzo zeigte seine schneeweißen Jacketkronen. »Ich schiebe eine kleine Nachtschicht ein. Ich packe Tee in Dosen.« Er deutete vage in Richtung der Packtische im hinteren Teil der Halle. »Die Jungs haben schon Feierabend. Bald ist Weihnachten. Ein paar besonders gute Kunden müssen noch auf die Schnelle beliefert werden. Da packt der Chef dann auch mal gerne selbst mit an.«

»Tee?«, fragte der Kaplan unschuldig und nestelte an seinem roten Wams herum. »Sie verpacken Tee?«

In Vincenzos Augen flackerte für den Bruchteil einer Sekunde etwas auf. »Klar, Tee, was sonst?«

Omma Brock reckte den Hals, um an Vincenzo vorbeizugucken. »Was denn für Tee? Ich trink ja gern Blasen- und Nierentee.«

»Assam und Darjeeling«, sagte Vincenzo. Klang das jetzt schon gefährlich?, fragte sich Omma Brock. Wanderte seine Rechte nicht schon wieder zu seiner linken Achsel?

Kaplan Unkels Zähne begannen wieder zu klappern.

Omma Brocks Stirn warf Falten wie ein Waschbrett. »Und die weißen Tütchen?«

Der Kaplan versuchte, Omma Brock unauffällig am Mantel zu zupfen. Mit einer Geschwindigkeit, die man ihr nicht zugetraut hätte, schnellte ihr Arm zur Seite, fuhr ihre klobige Hand herum und versetzte dem Kaplan einen schmerzhaften Klaps auf den Handrücken. »Nicht fummeln, Bürschchen«, raunzte sie.

»Zucker«, sagte Vincenzo grinsend. Seine Hand bewegte sich jetzt tatsächlich nach links ... er griff in seine Jacke ... und förderte einen Zahnstocher zutage, den er sich zwischen die Zahnreihen klemmte. »So, ihr beiden Hübschen. Jetzt reden wir mal Tacheles. Ihr seid doch nicht wegen dem Tee hier an den Arsch der Welt gekommen, oder?«

Die beiden schwiegen. Der eine verschüchtert, die andere grimmig.

»Also, raus mit der Sprache!«, brüllte Vincenzo unvermittelt und griff schon wieder nach links. »Oder muss ich euch erst noch mal meine Wumme zeigen?«

Der Kaplan konnte nicht mehr. Mit einem gepeinigten Schluchzen fiel er auf die Knie. »Bittebitte, nicht die Pistole. Wir wollen Sie ja nur was fragen. Es geht um Mandy Schlothausen ...«

Omma Brock blickte aus ihren wässrigen Augen fassungslos auf ihren Begleiter. Wirklich ein leuchtendes Beispiel für männliche Standhaftigkeit. So ein Versager. »Steh auf«, knurrte sie. »Du Pfeife!«

Schlotternd erhob sich der Kaplan wieder.

»Schlothausen?«, sinnierte Vincenzo versunken. »Mandy? ... Schlothausen?«

»Haben Sie 'nen Sprung in der Platte?«, blaffte Omma Brock.

»Mandy Schlothausen kenne ich nicht.« Vincenzo guckte ernst.

»Sie hat bei Ihnen getanzt«, platzte es aus Unkel heraus. »Nackig!«

»Mandy Schlothausen?« Auf Vincenzos Gesicht machte sich ein unglaubliches Grinsen breit. »Pass mal auf, Herr Nikolaus. Ich schwöre, dass Mandy Schlothausen nie in ihrem Leben nackig bei uns gearbeitet hat. Die hat nicht mal im Taucheranzug oder im Lodenmantel bei uns getanzt, die Mandy Schlothausen. Ich schwöre beim Leben all meiner unmündigen Bambini, bei allen Heiligen, bei meinem Pappa und bei meiner Mamma, bei ...«

»Geschenkt! Sie kennen sie also doch!«, quakte Omma Brock dazwischen.

Vincenzos Mund wurde zum dünnen Strich. Sein Schweigen sprach Bände.

»Also kannten Sie die, aber sie hat nicht bei Ihnen getanzt?«

»Nie im Leben! Das könnt ihr mir glauben oder nicht. Es ist die Wahrheit!«

Das klang echt. Das klang völlig ungelogen. Das klang völlig wahrhaftig. Omma Brock war verwirrt. Der Kaplan, so schien es, ebenfalls.

»So, und jetzt will ich meine Ruhe haben, ihr Spaßvögel«, sagte Vincenzo und wedelte mit den Armen, als wolle er Hühner verscheuchen. »Ich muss noch Teedosen verpacken. Fürs Christkind!«

»Abmarsch«, Omma Brock trat den Rückzug an und schleifte den Kaplan am Gürtel seines Nikolauskostüms hinter sich her.

Wieder fiel das Hallentor donnernd ins Schloss, aber dieses Mal umfing sie bittere Kälte. Schneeflöckchen umwirbelten sie.

»Ich versteh das nicht«, bibberte der Kaplan und blickte auf seine Knie. Sie waren beide schwarz vom Hinknien auf dem schmutzigen Hallenboden. Sie sahen aus wie zwei riesige Muttermale. »Nordrhein-Westfalen ... auf dem Knie ... Da ist dieses Foto von der Tänzerin ...«

»Hast du etwa Messwein gepichelt?«

»Ich war mir so sicher.«

»Du bist eben nicht nur als Kaplan ein Versager. Wir machen jetzt Folgendes: Du fährst mich morgen früh zu diesem Puff, und da werde ich mal ein bisschen gucken, was sich so tut.«

»Und ich?« Der Kaplan schloss sein Auto auf, das er ganz unbedarft direkt neben der roten Zuhälterkarre von Vincenzo geparkt hatte.

»Du betest zwanzig Rosenkränze und vierzehn Ave Maria, und dann gehst du mit einer Wärmflasche in die Heia, kapiert? Und morgen will ich dich nicht mehr in diesem beknackten Kostüm sehen, Bengelchen.«

Als der kleine Wagen des Kaplans sich langsam und tuckernd von der Halle entfernte, blickte ihm Vincenzo Primavera durch eines der schmutzigen Fenster hinterher. Dieses seltsame Gespann schien keine blasse Ahnung von dem zu haben, was in Wirklichkeit ablief, aber sie könnten ihm womöglich doch noch gefährlich werden. Vielleicht konnte es nicht schaden, wenn er sie bei Gelegenheit aus dem Verkehr zog. Eine alte Schachtel und ein töffeliger Pfaffe. Wer vermisste die schon?

Aber zuvor musste er sich um etwas kümmern, das ihm wirklich Schwierigkeiten bereiten würde, wenn man es bei ihm fand. Etwas, das sich viel besser im Haus des bekloppten Modeschöpfers machen würde. Dann bekäme nämlich der die Schwierigkeiten – und nicht der brave Vincenzo.

17. Kapitel

von Monica Mirelli

Schon von Weitem sah sie die Gruppe buntgekleideter Gestalten. Irgendwie wirkten sie seltsam deplatziert für die Eifel. Erst recht für diesen unheimlichen Ort. Carola Cortella erinnerte sich, vor ein paar Jahren einmal einen Sonntagsausflug zum Nerother Kopf unternommen zu haben. Damals hatte eine Nebelwand den Vulkankegel umgeben. Trotzdem war sie weitergewandert bis hinauf zur Burgruine, in der es natürlich spuken sollte. Sie hatte nie verstehen können, wieso ausgerechnet in dieser Einöde jemand eine Burg errichtet hatte. Noch weniger, dass der Erbauer, König Johann von Böhmen, Graf von Luxemburg, diese auch noch Freudenkoppe genannt hatte. Allerdings nannte man den Grafen im Volksmund auch »den Blinden«, was vieles erklärte.

Im Gegensatz zu ihrem damaligen Ausflug präsentierte sich der Nerother Kopf heute bei strahlendem Sonnenschein.

»Dann knöpfen wir uns den Modeheini mal vor!«, sagte Coltella, und gemeinsam mit ihrem Assistenten Winfried zu Clairvaux erklomm sie mit sportlich weit ausholenden Schritten den Berg.

Den Modeschöpfer hatten sie schnell ausgemacht. Kaum hatte er sie erblickt, kam er ihnen bereits wichtig gestikulierend entgegen: »Nischt, nischt!«, rief er von Weitem. »Sie schtören ier. Verlassen Sie sofort die Berg!«

Die Kommissarin hielt ihm den Dienstausweis unter die Nase, und der Zwerg wurde augenblicklich noch kleiner. »Aber was wollen Sie? Isch abe die Genehmigung!«

»Chef, die Models frieren sich den Arsch ab! Können wir endlich weitermachen?«, fragte eine dürre Person, die plötzlich an seiner Seite stand. Und an die Kripobeamten gewandt: »Entschuldigen Sie, aber jede Minute kostet Geld. Außerdem weiß ich nicht, wie lange die Sonne noch scheint!« Er zeigte hinauf. Tatsächlich war eine weitere Schneewolke im Anmarsch.

Cortella ignorierte den Menschen und konzentrierte sich ganz auf Jean-Claude Ducruet, den »Chiffon-Magier«, wie er von seinen Bewunderern ehrfurchtsvoll genannt wurde »Wir sind hierher gekommen, um Sie zu fragen, ob Sie eine gewisse Mandy Schlothausen gekannt haben?«

»Mandy Schlot... wie? Non, keine Ahnung, wer soll das sein? Eine Schneiderin, eh?«

Cortella gab ihrem Assi einen Wink.

Winfried zu Clairvaux zog ein Foto aus der Tasche. Es zeigte Mandy Schlothausen in dem Zustand, in dem die Polizei sie in der Fichtenschonung aufgefunden hatte, nachdem sie von den Kegelbrüdern alarmiert worden war. Der Modezar wurde blass und würgte.

»Oh, Entschuldigung«, grinste Clairvaux, »Das war das falsche Foto. Er zog ein zweites hervor. Diesmal zeigte es Mandy zu ihren Lebzeiten.

»Isch 'abe keine Ahnung!«, presste Ducruet hervor. »Isch weiß nischt, wie Sie uberaupt konnen glauben, dass isch ...«

»Die Tote hatte, als sie noch lebte, einen guten Geschmack«, nahm Coltella den Vorwurf vorweg. »In ihrem Kleiderschrank befanden sich ausschließlich Kleider aus Ihrem Hause!«

»Aber isch bitte Sie! Isch kann es nischt erklären. Und jetz isch muss bitten um Pardon ...«

Die Schneewolke war inzwischen erstaunlich nahe an die Sonne herangerückt.

Coltella zückte ihre Visitenkarte und reichte sie Ducruet »Nur für den Fall, dass Ihnen noch etwas einfällt!«, sagte sie und zeigte ihr charmantestes Lächeln. »Kommen Sie, Clairvaux, hier haben wir nichts mehr verloren!«

Sie drehte sich um – rutschte auf dem Schnee aus und schlug der Länge nach hin. Dann schlidderte sie ein paar Meter den Berg hinunter. Als sie sich wieder fangen konnte, war Ducruet an ihrer Seite. Erstaunlich, wie behände der alte Gnom noch war!

»Mademoiselle!«, rief er besorgt. »Haben Sie sisch verletzt?«

»Nein, danke, es geht schon«, stammelte Coltella. »Nur meine Hose hat was abbekommen.« Sogar mehr als das. In Kniehöhe war die Hose gerissen.

Ducruet starrte wie hypnotisiert darauf. »Ihre Knie, Mademoiselle, Ihre Knie ...«

»Beruhigen Sie sich! Es ist ja nichts passiert!« Der Modezar wurde ihr immer unheimlicher.

»Sie 'aben so wunderschöne Knie! Perfekt gerundet! Hat Ihnen das schon mal eine Mann gesagt, eh?«

Coltella schüttelte verwirrt den Kopf.

»Sie mussen misch besuchen! Kommen Sie zu meine Modenschau in ein paar Tage und isch werde Ihnen all mein Reisch zeigen!«

Coltella verdeckte ihre Blöße. Diese Bewunderung war ihr peinlich. Der Modeheini schien tatsächlich nicht alle Tassen im Schrank zu haben. Nun, sie würde es herausfinden! Die Einladung dazu hatte er selbst ausgesprochen. »Aber sicher komme ich«, versprach sie. »Ich bin überzeugt, dass es ein interessanter Abend werden wird!«

18. Kapitel

von Carsten Sebastian Henn

Ja, es war spät, und Kaplan Florian Unkel hasste es, irgendwo unangemeldet zu erscheinen. Er sollte sich jetzt, so kurz vor Weihnachten, auch endlich Gedanken um die letzten Geschenke für seine Eltern machen. Ob er seiner Mutter vielleicht wieder ein Flakon Tosca schenken konnte? Damit lag man doch nie falsch. Und für seinen Vater ein Paar »Edle Tropfen in Nuss« und neue Feinripp-Unterhosen mit Eingriff. Da konnte man doch nie genug von haben.

Er klingelte in der Bad Münstereifeler Wohnung, die Mandy Schlothausens bester Freundin gehörte. Der Bischof hatte ihm von dieser berichtet, und Unkel wollte sein Gehör schenken und vielleicht etwas über diesen merkwürdigen Mord erfahren, der in seiner Gemeinde mittlerweile das Topthema war. Ihn fröstelte nicht lange in der schneebedeckten Seitenstraße, nur wenige Flocken hatten Zeit, es sich auf seinem Kopf bequem zu machen, bevor die Tür geöffnet wurde.

Die ersten Worte der jungen Dame verstand er allerdings nicht. Denn hinter ihm donnerte ein Feuerwehrwagen mit eingeschalteter Sirene vorbei. Er konnte trotzdem wahrnehmen, dass die Feuerwehrleute lauthals »O Tannenbaum!« sangen.

»Ich habe schon gespendet, Schätzchen«, sagte die Dame unbestimmten Alters und wollte die Tür gerade wieder schließen, als Unkel erwiderte, dass er Kaplan und wegen Mandy da sei.

Kurze Zeit später war er drinnen, hatte einen heißen Tee in Händen, und Jacqueline Heim saß vor ihm, ein Glas Champagner in der Hand. »Und du willst wirklich keinen? Na ja, du bist natürlich im Dienst. Das seid ihr von der Kirche ja wohl immer. Ich hoffe, es stört dich nicht, wenn ich weiterarbeite? Möchtest du denn vielleicht noch etwas Gebäck? Ich habe einen köstlichen Mohnstollen gebacken.«

Unkel nickte, und meinte damit alle drei Fragen, die eigentlich eine Antwort erwarteten. Schnell erhielt er ein Stück Stollen – mit reichlich Rosinen, Sultaninen und Korinthen – und sah Jacqueline Heim mampfend beim Arbeiten zu. Sie entwarf Bademoden, weswegen ihre Wohnung auch mit aquatischen Motiven verziert war und der gläserne Wohnzimmertisch auf den Schwanzflossen zweier spielender Delfine ruhte.

Der Stollen war schrecklich, die schlanke Modedesignerin hatte an Butter gespart, sodass das Ergebnis nun schmeckte, als knabbere man an einer Mumie. Er kaute sehr, sehr lange und hörte Jacqueline Heim zu, die fantastisch reden und schneidern konnte.

Beides ohne Unterlass.

»Dieser Jean-Claude Ducruet war hinter ihr her wie der Teufel hinter der armen Seele. Meine Güte, der hat ihr Blumen geschickt, Pralinen und Parfüms und so, die ganz alte Schule. Das ging der Mandy voll auf den Senkel. Er wollte sich angeblich sogar scheiden lassen! Dabei gehört ihr wohl ein Großteil der Firma, aber er war ganz vernarrt in Mandys Knie. Das kann man sich nicht vorstellen, wie er die immer streicheln wollte, richtig pervers. Und wenn er nicht durfte, ging er gleich durch die Decke. Der ist ja so hitzköpfig. Na ja, ist halt ein Franzose. – Was meinst du, Schätzchen, ob das aussieht? Ist aus meiner Herrenkollektion. Ich nenne es den ›Tasmanischen Tiger‹. Zieh dich doch gerade mal aus und schlüpf rein. Ich brauch wirklich Hilfe.« Sie hielt ihm etwas hin und lächelte ganz bezaubernd.

Unkel war ein hilfsbereiter Mensch, und er konnte kaum eine Bitte abschlagen. Mit dieser war es nicht anders. Was gewiss auch daran lag, dass er dann nicht mehr so tun musste, als würde er diesen scheußlichen Stollen essen.

Da wurden ihrer beider Augen aufgetan, und sie wurden gewahr, dass sie nackt waren, und sie flochten Feigenblätter zusammen und machten sich Schürze, dachte Unkel, der diesen Teil aus dem Buch Mose 3,7 sehr genau kannte. Es ging um Sündenfall und Fluch. Mit Letzterem musste Jacqueline Heims Mohnstollen gemeint sein. Also stieg er in den Tasmanischen Tiger, akzeptierte das zwickende Gefühl im Schritt, nachdem es auch durch mehrmaliges Ziehen am Stoff nicht wegging, und trat wieder zur Schöpferin dieses Meisterwerkes der aquatischen Schneiderei.

»Du solltest mal unter die Sonnenbank gehen, weißt du das? Du siehst aus wie ein Ziegenfrischkäse, Schätzchen. Dreh dich mal um, und zieh das Modell aus der Poritze raus.«

Es folgten weitere Modelle, und irgendwann hatte er die ganze Tierwelt durch und irre Lust, mal wieder Schwimmen zu gehen.

Erst als er sich an der Tür verabschiedete, sagte sie ihm etwas, das ihm völlig neu war. »Es gab da übrigens noch einen anderen Verehrer. Aber über den wollte Mandy nicht reden. Ein ganz besonderer Mann, wie sie sagte. Der wirklich wisse, was Liebe sei. Sonst hat sie nie Geheimnisse vor mir gehabt. Nur dieses eine Mal.«

Jetzt stellte sich nur die Frage, dachte Unkel, als er in der Kälte zu seinem alten Wagen stapfte und immer noch versuchte, den Geschmack des Stollens aus dem Mund zu bekommen, wie dieser mysteriöse Liebhaber zu finden sein würde.

19. Kapitel

von Ralf Kramp

Kaplan Unkel hatte sich zunächst geweigert, aber Omma Brock hatte ihm gedroht, sie werde sich in Zukunft auf »kreative Art und Weise« in seine Messfeiern einbringen, wenn er ihr nicht zu Willen war. Der gute Mann war ganz blass geworden, und Omma Brock konnte sich denken, warum. Sie schnarchte während der Predigt, dass die Monstranz wackelte, sie rülpste nach der Kommunion,

Vincenzo

sie klaute Kerzen und machte sich Notizen ins Gebetbuch. Er sollte schon sehen, was passierte, wenn sie »kreativ« würde! Und so hatte er schließlich eingewilligt.

Kaplan Unkel hatte Omma Brock zu Hause abgeholt, war erneut die Fahrt zum *Amore totale* angetreten und hatte sie ein paar hundert Meter vor dem Etablissement abgesetzt.

Dann war er wie der geölte Blitz davongebraust.

Und Omma Brock hatte sich auf die Suche nach einem hübschen Plätzchen gemacht.

Sie war zuerst eine Weile lang unentschlossen durch die Winterlandschaft gestapft und hatte sich bemüht, nicht allzu nahe an das Gebäude heranzukommen. Aus der Ferne musste sie aussehen wie ein völlig aus der Form geratener, lodengrüner Schneemann.

Gleich hinter dem *Amore totale* gab es eine kleine Anhöhe. Dort stand eine alte Feldscheune, die nicht mehr von Kühen oder sonstigem Getier benutzt wurde, sondern nur noch von ihrem Besitzer, einem Bauern aus dem Nachbarort, der von hier aus in lauen Sommernächten mit dem wachen Interesse eines Junggesellen im fortgeschrittenen Alter einen prächtigen Ausblick auf die Lasterhölle und das dazugehörige Freigelände genoss.

An einem mutwillig in die hölzerne Außenwand gebrochenen, toastscheibengroßen Loch stand ein alter vergammelter Klappstuhl, auf dem sich Omma Brock niederließ, um das Treiben um das *Amore totale* herum zu beobachten. Sie hatte selbst aufgesetzten Schlehenlikör dabei und eine Rosinenschnecke. Zwei Tage alt. Vom Vortag kosteten sie die Hälfte, von vorgestern gar nichts mehr. Das war der Deal mit dem Bäcker im Dorf, der sie ebenso fürchtete wie jeder andere.

Am Vormittag tat sich in einem Etablissement wie dem *Amore totale* nicht viel. Die Weihnachtsbeleuchtung mit den bestrapsten Rentieren war ausgeschaltet, hinter den Fenstern leuchtete kein Lichtlein, keine Autos standen auf dem Parkplatz. Ein alter Hausmeister schob am frühen Mittag ein paar Mal missmutig die Schneeschaufel kreuz und quer über den Platz vor dem Eingang, und gegen eins lieferte ein Pizzawagen etwas Essbares für das Personal der Lustgrotte.

Der Stapel Pizzakartons war klein. Der Lieferant hüpfte auf dem schlammigen Parkplatz ungeschickt zwischen den Pfützen her. Omma Brock beobachtete ihn amüsiert durch das Landserfernglas ihres Vaters.

Am Nachmittag kamen die Frauen. Sie waren dick vermummt. Ihre weiblichen Rundungen waren unter Kunstpelz und Schurwolle verborgen. Omma Brock hatte unterdessen ihre Rosinenschnecke verputzt und mit ordentlich viel Likör hinuntergespült. Der Anblick der Pizzakartons hatte sie hungrig gemacht.

Am Nachmittag begann es wieder zu schneien, und Omma Brock fahndete nach etwas weiterem Essbaren in den unglaublichen Untiefen ihrer Handtasche. Meistens fanden sich irgendwo noch ein oller Schokoriegel oder ein paar Bonbons, die sie ihren Enkeln abgenommen hatte. Aber jetzt fiel ihr nur ein hartgekochtes Ei in die Finger. Gerade als sie darüber nachgrübelte, bei welcher Gelegenheit sie das dort verstaut hatte und wie lange das wohl her sein mochte, sah sie im Tal den roten Golf GTI anrollen und war sofort in erhöhter Alarmbereitschaft.

Vincenzo! Der Lude kehrte endlich zurück!

Sie warf die Wolldecke von sich, kippte den Gartenstuhl um und war mit einem Mal wieder voll da. Als sie energisch die Faust ballte, zerbarst das Ei. »War wohl doch schon länger her«, sagte sie tonlos und verließ die Hütte. So schnell sie das im knöcheltiefen Schnee zustande brachte, eilte sie die Böschung hinunter.

Der Golf stand vor dem Etablissement inmitten der Pfützen auf dem Schotterparkplatz und hupte laut und vernehmlich ein paar Mal.

Omma Brock strauchelte voran und nahm etwa zwölf Meter im Rutschen, und dann hatte sie den blickdichten Zaun erreicht, der das Freigelände des Landpuffs umringte. Als sie sich wieder aufgerappelt hatte und um die Ecke bog, sah sie den Hausmeister, der gemächlich auf das rote Fahrzeug zuschlurfte. Vincenzo war nicht der Geduldigste, denn er hatte die Scheibe heruntergelassen und brüllte: »Komm an Land, du lebende Leiche! Ich hab keine Lust, mit meinen neuen Cowboystiefeln durch den Schlamm hier zu waten. Du musst mir was von drinnen holen!«

Als der Hausmeister ihn erreicht hatte, beugte er sich zu ihm hinunter, und die beiden redeten leiser, so dass Omma Brock nichts mehr verstehen konnte.

Sie pirschte sich näher heran. Hinter einem am Zaun abgestellten Mofa ging sie in die Hocke und fummelte wieder das Fernglas hervor.

Im ersten Stock öffnete sich ein Fenster. »Die hier?«, rief der alte Hausmeister heiser und hielt ein kleines viereckiges Ding in die Höhe.

»Ist das die aus dem Safe?«, krakeelte Vincenzo zurück.

»Ja, ist sie. Die Chantal hat ihn aufgemacht, wie Sie's gesagt haben! Ich komm runter!«

Jetzt erschien Chantal in der Fensteröffnung. »Von wem ist die, Vincenzo?« Sie war vollbusig, dunkelhäutig, hatte ihr volles, schwarzes Haar hochgesteckt und litt offensichtlich an einer Textilallergie. »Ist die von 'ner anderen Frau, hä?«

»Erklär ich dir später, Mäuschen! Ich muss noch mal weg!«

Der Hausmeister kam nun erneut aus dem Haupteingang heraus auf das Auto zugewackelt.

»Du bleibst hier, hörst du! Wer ist die Kuh? Wo willst du hin?« Chantals Stimme steigerte sich zum Diskant.

Omma Brock richtete das Fernglas auf den Gegenstand, der jetzt von der Hand des Hausmeisters in die des Luden wanderte. Fliederfarben. Eine Art Portemonnaie, eine Brieftasche.

Vorhin, während des Wartens, hatte sie noch einmal den Zeitungsartikel studiert, in dem es um den Leichenfund an der Weihnachtsbaumschonung ging. Da hieß es, dass der Toten offensichtlich außer der Brieftasche nichts gefehlt hatte.

»Du miese kleine Arschgeige«, knurrte Omma Brock vor sich hin. »Dir werd ich's zeigen!«

Und gerade als Vincenzo den Golf gewendet hatte und durchstarten wollte, und gerade als einer der Stöckelschuhe von Chantal eine elliptische Flugbahn durch die Winterluft beschrieb und mit einem blechernen Geräusch eine eurogroße und zweieurotiefe Delle in das Golf-Dach schlug, hatte Omma Brock es geschafft, eine Haarnadel aus ihrem Dutt zu fummeln und das Schloss des Mofas zu knacken.

Den würde sie nicht ziehen lassen. Den nicht!

Omma Brock staunte nicht schlecht. Das kleine Blechspielzeug unter ihrem enormen Hintern war ordentlich frisiert und fuhr satte siebzig. Zwar hatte sie die leuchtend rote Zuhälterschaukel bereits aus den Augen verloren, aber sie ahnte natürlich schon längst, wohin die Reise gehen würde.

20. Kapitel

von Monica Mirelli

Der Schuss fiel in dem Moment, in dem sie die Wagentür schloss. Instinktiv zuckte ihre Linke in Richtung Dienstwaffe, die sich unter ihrer daunengefütterten Jacke im Schulterhalfter befand. Im letzten Moment beherrschte sie sich. So paradox es klang: Offiziell war sie privat hier.

Kommissarin Carola Coltella sah sich misstrauisch um. Kein weiterer Schuss folgte, und Gott sei Dank hatte niemand ihre verdächtige Handbewegung bemerkt. Der Schuss war nicht aus einer Handfeuerwaffe abgegeben worden, sondern stammte, wie sie jetzt bemerkte, von einer der Feuerwerksraketen, die ums ganze Schloss verteilt waren und zu späterer Stunde zur festlichen Stimmung beitragen sollten. Offenbar war eine zu früh losgegangen.

Außer dem Feuerwerk entdeckte die Kommissarin auch noch einige Schneekanonen. Es war zwar eisig, aber geschneit hatte es den ganzen Tag über wenig. Ducruet schien noch nicht einmal dem Wetter zu trauen. Also hatte er Vorsorge getroffen, dass seine Gala mit dem Titel »Wintertraum« nicht ins Wasser fiel.

Eine weitere Rakete explodierte. Einige Gäste applaudierten und johlten. Während sich Coltella dem Schloss näherte, musste sie wieder an den Anruf denken, den sie erst vor einigen Stunden erhalten hatte.

Eine junge Frauenstimme hatte gefragt: »Sie sind doch die Kommissarin, die vor ein paar Tagen auf der Freundenkoppe war?«

»Ja und?«, hatte sich Coltella vorsichtig erkundigt.

»Ich wette, er hat Ihnen kein Wort über La Befana erzählt! Die ist seit ein paar Wochen nicht mehr aufgetaucht!«

Hatte da nur Besorgnis durchgeklungen oder auch ein wenig Schadenfreude? Coltella war sich nicht sicher gewesen.

»Wollen Sie mir nicht Ihren Namen verraten?«

»Oh, nein, Ich hänge an meinem Job! Also, wollen Sie jetzt die Sache mit La Befana hören, oder nicht?«

»Ein merkwürdiger Name, La Befana ... Die Weihnachtshexe ...«

»Ihr Künstlername. Es gibt nur ganz wenige Models, die keinen haben. Aber La Befana klingt schon schrill. Sie hat auch ständig so merkwürdige venezianische Masken getragen, damit niemand ihr Gesicht erkannte.« Die Frau am anderen Ende der Leitung hatte gekichert. »Das Gesicht war dem Maître ja auch scheißegal, solange sie ihre Knie nicht versteckte.«

»Ihre Knie?«

Wieder dieses hässliche Lachen. »Da kann sich unsereiner verrenken, wie er will, Ducruet steht nun mal auf schöne Knie!«

»Können Sie mir diese La Befana etwas näher beschreiben?«

»Schauen Sie doch mal in seinen Katalog von der letzten Saison!«

Ein Klacken in der Leitung hatte ihr signalisiert, dass die Anruferin die Verbindung unterbrochen hatte. In diesem Moment war Carola Coltellas Assistent Winfried zu Clairvaux hereingestürmt gekommen. »Das hier hat jemand für Sie abgegeben, Chefin!«

Es war ein Katalog der letzten Saison. Zwar war, wie die Anruferin es prophezeit hatte, das Gesicht nicht zu erkennen, aber der Körper von La Befana sehr wohl. Jetzt wusste sie, wie die Dame ausgesehen hatte.

La Befana war Mandy Schlothausen!

Eine weitere fehlgezündete Rakete katapultierte ihre Gedanken zurück in die Gegenwart. Wenn das so weiterging, würde das eigentliche Feuerwerk wohl flachfallen, dachte sie ohne Bedauern. Bis dahin wollte sie längst wieder zu Hause sein. Sie hatte das Schlosstor erreicht und nannte einem livrierten Diener ihren Namen.

»Oh ja, der Meister erwartet Sie«, sagte dieser beflissen, nachdem er ihren Namen auf einer Liste entdeckt und abgehakt hatte.

»Das kann ich mir denken«, antwortete Coltella süffisant. »Wir haben einiges zu bereden!«

Im geschmückten Burghof, der einer verzauberten Winterlandschaft glich, hatte sich alles versammelt, was in der Eifel und im benachbarten Belgien Rang und Namen hatte. Einige der Gesichter erkannte die Kommissarin aus dem Fernsehen oder aus der GALA, andere von irgendwelchen Steckbriefen oder Verbrecherkarteien. Sie nickte anerkennend. Ducruet schien wirklich überall ausgezeichnete Verbindungen zu haben.

Einige der Modenschau-Besucher standen in kleinen Grüppchen herum und amüsierten sich prächtig, dabei schien niemand irgendwelche Berührungsängste zu haben. Carola erkannte einen bekannten ZDF-Moderator und seine in ein fantasievolles Schneeköniginnenkleid gewandete neue

Flamme im Geplauder mit einem erst vor kurzem aus dem Knast entlassenen Trierer Baulöwen.

Alle hatten sie für die neue Modenschau eine vierstellige Summe an Eintritt bezahlt – offiziell für einen karitativen Zweck! Coltella hatte sich kundig gemacht. Die weihnachtliche Modenschau war bereits Tradition. Mal wurde für ein Kinderheim, mal für eine Altenresidenz gespendet. Diesmal sollte für den Kauf zweier neuer Glocken für den renovierten Kirchturm in der kleinen Eifelgemeinde Welterscheidt gesammelt werden.

Und dieser Zweck heiligte nun die Mittel, um den Champagner nicht nur in Strömen, sondern in wahren Sturzbächen fließen zu lassen. Man brauchte ja schließlich etwas Flüssiges, um die Tonnen Beluga-Kaviar herunterzuspülen.

Coltella schaute sich um. Vielleicht sollte sie sich auch einer Gruppe anschließen. Oder wenigstens so tun. Sie war die Einzige, die allein herumstand. Sie erspähte Ducruet, der wie ein nervöser Dirigent mit seinen Händen in der Luft herumfuchtelte und ein paar Models scheuchte. Diese sahen in ihren weißen Gewändern einfach bezaubernd aus. Wie Wesen aus einer anderen Welt. Coltella merkte, wie sie sich auf die Schau zu freuen begann. Es lag ein erwartungsvolles Knistern in der Luft. Sie fing an, etwas von der Magie Ducruets zu ahnen. Mochte er im Alltag auch eher lächerlich wirken, hier war er in seinem Element.

Nein, Ducruet würde sie später zur Rede stellen. Sollte der erst mal seinen Zauber abziehen.

In diesem Moment sah sie ein bekanntes Gesicht. Endlich mal keines aus dem TV oder aus irgendeiner Kartei, sondern eines, das sie persönlich kannte. Das war doch dieser Kaplan, der sie vor einem Jahr zu Hause aufgesucht hatte, um sie dazu zu überreden, nicht aus der Kirche auszutreten!

»Aber ich will gar nicht austreten!«, hatte sie beteuert. Ihre Eltern hätten sie sofort aus der Familie ausgeschlossen, wenn sie nur den Gedanken geäußert hätte ... Das Ganze hatte sich dann als Irrtum herausgestellt. Unkel, so hatte sich der Mensch vorgestellt, hatte eigentlich zu ihrer Nachbarin gewollt und sich nur in der Klingel vertan.

So einen Menschen vergaß sie nicht.

Sie sah, wie eine Person an Unkel herantrat. Der sah nicht so aus, als würde er sich für Mode interessieren, dachte die Kommissarin. Der Mann trug blonde Stoppelhaare und besaß eine typische Verbrechervisage. Allerdings machte ihn das inmitten all der anderen Promis nicht unbedingt verdächtig. Vielleicht ein Bodyguard oder so was.

Coltella beobachtete, wie der Mann mit unbeweglicher Miene auf den Kaplan einredete und wie dieser anschließend nickte. Unkel ging voran, der Blonde dicht hinter ihm. Und schließlich sammelten sie noch eine weitere Gestalt ein, die sich bereits am noch längst nicht eröffneten Büfett zu schaffen gemacht hatte: Eine unförmige, alte Frau mit grauem Dutt und Handtasche, in die sie gerade zwei Hähnchenschenkel und eine Handvoll Frikadellen hineinkullern ließ.

Der Mann mit der Stoppelfrisur überredete offenbar beide aufs Freundlichste, ihm ins Haus zu folgen. Zwei edle Spender möglicherweise. Da würden wohl bald die Glocken läuten ...

21. Kapitel

von Carsten Sebastian Henn

Immerhin war er nicht allein. Mit Omma Brock an seiner Seite fühlte sich Kaplan Unkel um einiges sicherer. Die Frau sah einfach aus, als könnte nichts sie unter die Erde bringen.

»Geradeaus«, befahl Vincenzo Primavera, der mit bürgerlichem Namen Jupp Päffgen hieß, was Unkel zwischenzeitlich in Erfahrung gebracht hatte. »Und schneller, ich kann diese affige Feier nicht mehr ertragen.«

Unkel hätte jetzt so gern sein Lieblingsgebäck gegessen. Nonnenfürzchen. Die beruhigten immer so schön seine Nerven. Aber weit und breit war kein Teller mit Gebäck zu sehen! Es gab nur als Schneehasen verkleidete Kellnerinnen – wobei sich der Stoffeinsatz in Grenzen hielt –, die Kleinigkeiten servierten, bei denen Unkel noch nicht einmal erkennen konnte, ob es sich um Fisch, Fleisch oder vielleicht doch um Broschen zum Anstecken handelte.

Deshalb stapfte er nun mit völlig blankliegenden Nerven durch den Schnee und brachte kein Wort heraus. Der Bischof hätte den Mann sicher umstimmen können, er fand immer das richtige Wort. Doch er war bloß ein einfacher Kaplan. Mein Gott, er hatte es nicht einmal geschafft, die Messdiener davon abzubringen, ihm den Nikolausbart anzuzünden!

»Was für ein unerwartetes Glück, euch beide hier zu treffen«, flüsterte Vincenzo Primavera nun, wobei er sein Lächeln nicht ablegte. »Eigentlich wollte ich dem Franzmann ja nur die Brieftasche von diesem toten Flittchen unterschieben, damit der Schlossherr in den Knast wandert und der Spuk ein Ende hat. Aber dann treffe ich doch tatsächlich auf die beiden Nasen, die mich in meinem Teekontor besucht haben. Was für ein glücklicher Zufall, dass Sie zum Spendensammeln hier sind, Herr Kaplan. Und dass die junge Dame neben Ihnen Sie wegen mir warnen wollte. Hat halt doch ein Herz aus Gold, die alte Schachtel.«

Omma Brock würgte. Vincenzo Primavera lachte vergnügt auf und wandte sich an Unkel, drückte die Pistole noch ein wenig fester an dessen Rücken. »Finden Sie es nicht auch klasse, wenn man so kurz vor Weihnachten reinen Tisch machen kann? Also ich find's herrlich.«

Der Eifel-Lude schien keine Ahnung zu haben, wohin er wollte, denn bei jeder Tür hielt er kurz inne. Als er schließlich doch gefunden hatte, wonach er suchte, befahl er Unkel und Omma Brock sofort, sich an die Wand zu stellen. Und dann bewunderte er die Aussicht.

»Wow, versteht der kleine französische Gartenzwerg also doch was von Kunst!« Vincenzo Primavera schaute auf einen riesengroßen Fotoabzug. Ein Blow-up, sicher zwei Meter mal zwei Meter, das diesen Raum füllte, in dem auf einer Schneiderpuppe das Kleid des Christkinds prangte. Es war atemberaubend. Es schien aus Licht und Sternenstaub gewoben zu sein.

Vincenzo Primavera würdigte es keines Blickes.

Er sah nur auf das Foto, das eine nackte Frau zeigte – Unkel konnte gar nicht hinschauen, aber aus irgendeinem Grund auch nicht wegschauen. Die Frau hatte eine venezianische Maske an, auch ansonsten war noch einiges bemerkenswert, vor allem jedoch ein Muttermal. Am rechten Knie.

Im Angesicht des Todes fiel Unkel etwas auf, dass er glühweinumnebelt vor dem *Amore totale* nicht begriffen hatte. Dies war Mandy Schlothausen, und ihr Leberfleck war auf dem rechten Knie. Auf dem Foto des Erotik-Etablissements hatte die junge Dame, deren Körper seiner Mitarbeiterin so glich, ihres jedoch auf dem linken Knie.

Wer war die Tänzerin im *Amore totale* nur gewesen?

»Die hätte bei mir anfangen dürfen. Aber jetzt beenden wir dieses Theater hier. Und diese Brieftasche und auch diese kleine Pistole werde ich gleich dem guten Schneiderlein unterschieben. Dann wird er sogar für drei Morde eingesperrt. Meine Güte, das wird den Zwerg auf die Titelbilder sämtlicher Mode-Gazetten bringen.«

»Dafür wirst du Drecksack in der Hölle schmoren«, sagte Omma Brock. »Der liebe Gott mag es überhaupt nicht, wenn man nette, alte Damen umbringt.«

»Und Kapläne«, sagte Unkel.

»Genau! Die mögen das auch nicht«, sagte Omma Brock.

Vincenzo Primavera wiegte die Waffe in der Hand und griff sich mit der anderen eine spitze Schere. Es war ein mächtiges Schneidewerkzeug. Für den groben Zuschnitt. Damit konnte man selbst Autoblech auftrennen. Und es war viel leiser. Unkel sah, wie die Gedanken in Vincenzo Primaveras Kopf Gestalt annahmen. Es machte ihm eine Höllenangst. Wie automatisch öffnete sich sein Mund, und ein Bibelzitat entschlüpfte diesem: »*Der Herr wird dich schlagen mit bösen Drüsen an den Knien und Waden, dass du nicht kannst geheilt werden, von den Fußsohlen an bis auf den Scheitel.*«

»Der ist gut!«, sagte Omma Brock. »Bestimmt Altes Testament, da geht es immer mit richtig schön Schmackes zur Sache.«

»Moses, 28, Vers 35«, sagte Unkel automatisch.

»Da wusste Gott noch, was Religion ist! Nicht dieser Weicheier-Quatsch mit der anderen Wange, die man hinhalten soll, davon hab ich noch nie was gehalten!«

»Seid ihr beiden jetzt endlich ruhig! Ich will wieder zurück, heute ist bei mir im Laden schwer was los, ich kann meine Pferdchen doch nicht unbeaufsichtigt herumlaufen lassen. Wir machen's mit der Schere.« Sein Blick fiel auf ein Halstuch. Es war ein besonders exquisiter Stoff, teure Seide. Mit einer Hand die Pistole immer noch auf Omma Brock und den sich mittlerweile an sie klammernden Unkel richtend, legte er die Schere beiseite und nahm es auf. »Würde ein Modemensch nicht viel eher damit morden?«

»Nicht mit mir!«, sagte Omma Brock. »Das ist doch was für Mädchen. Ich wär für die Schere.«

Vincenzo Primavera war verdutzt, er hatte sich anscheinend etwas mehr Angst erhofft. Aber Omma Brock tat ihm den Gefallen nicht. Plötzlich fing er wie irre an zu lachen. Es war genau das Gegenteil von Liselotte Pulvers ansteckendem Gelächter, bei dem man immer direkt mitmachen wollte.

Unkel und Omma Brock sollten auch schon direkt im nächsten Moment erfahren, was es damit auf sich hatte.

Denn Vincenzo Primavera schaltete nun das ausgewählte Mordwerkzeug an.

»Ich bügel euch zu Tode!«, schrie er. »Und danach fackel ich alles ab – an Weihnachten gibt es doch so viele Brände. Ständig hört man in letzter Zeit die Feuerwehrwagen ...«

Omma Brock blickte dem Tod entschlossen ins Antlitz. »Mir würde jetzt ein schöner Apfelbrand gut tun. Aber wie ich den Sausack kenne, gibt es den hier nicht.«

Vincenzo Primavera sagte nichts, er näherte sich dafür mit dem Dampfbügeleisen Unkels Gesicht und hielt die Pistole haargenau auf die durstige Omma Brock gerichtet. Unkel merkte, wie seine Knie weich und weicher wurden.

22. Kapitel

von Monica Mirelli

Nicht mehr lange, und die Modenschau würde beginnen. Die Atmosphäre glich der vor einem Konzert mit Joan Baez vor zweitausend geladenen Oberstudienräten, die sich der seligen 68er erinnerten. Auch Kommissarin Carola Coltella spürte dieses besondere Kribbeln. Aber noch mussten sich die Gäste gedulden. Noch begoss man die Vorfreude mit reichlich Schampus.

Auch Coltella hatte mittlerweile Anschluss gefunden. Ein besonders aufdringlicher Vertreter der Spezies Frauenaufreißer hatte sie als mögliches Opfer erkoren und sprach pausenlos auf sie ein: »Sagen Sie Hans-Dieter zu mir. Das sagen alle. Ist ganz gut, dass mein Porsche Cayenne heute zur Inspektion musste, bei diesen Scheiß-Wegen hier.«

Coltella musterte den Aufdringling. Halbglatze, Bauchansatz und 1,70 Meter waren nicht gerade die Merkmale, die sie bei einem Mann in Stimmung brachten.

»Aha«, sagte sie daher mehr oder weniger gelangweilt. »Und deshalb sind Sie heute nur mit dem Polo hier, oder?« Sie erinnerte sich vage, dass sie ihn auf dem Parkplatz beim Aussteigen gesehen hatte. Wenigstens reichte ihr der korpulente Typ ein Glas Champagner.

»Vielleicht sollten wir uns erst mal warm trinken«, schlug er vor und leckte erwartungsvoll die Lippen mit seiner fleischigen Zunge.

Er meinte wohl *schön* trinken, dachte Carola, war aber froh, nicht mehr auf dem Trockenen bleiben zu müssen. Doch gleich der erste Schluck enttäuschte. Leider kein Veuve Clicquot, wie die auf den Tischen stehenden Flaschen vorgaukelten. Die Witwe entpuppte sich als simpler ALDI-Schampus, da war sich Coltella sicher. Insofern fühlte sie sich wie zu Hause.

Dann sah sie plötzlich die Erscheinung. »Das gibt es nicht!«, stammelte sie. »Nicht schon wieder!«

Hans-Dieter sah sie irritiert an. »Geht's dir nicht gut, Schätzchen? Soll ich dich nach Hause bringen?«

Man sah ihm an, dass er dabei alles andere als selbstlose Gedanken hegte.

»Verzieh dich!«, zischte Coltella.

Wieder schaute sie auf die Erscheinung. Die toten Schwestern! Mandy und Jessica. Hand in Hand gingen sie auf das Gebäude zu, in dem der Kaplan und diese Verbrechervisage verschwunden waren. Die beiden Frauen waren durchsichtig – das milderte ein wenig das Grauenvolle ihrer Erscheinung. Sie waren nämlich eindeutig tot. In Mandy Schlothausens Kopf steckte noch immer das Beil.

Trotzdem schien niemand die beiden zu bemerken. Spinn ich denn?, dachte Coltella. Entweder waren das immer noch die Nachwirkungen von Schlingengrubers Schlehenwein – damals hatte sie die toten Schwestern das erste Mal »gesehen« – oder es war der billige Schampus. Seit dem Besuch bei Schlingengruber hatte sie keinen Tropfen mehr angerührt. Oder hatte Hans-Dieter ihr etwas ins Glas gekippt? Als sie sich nach ihm umschaute, war dieser verschwunden.

Genau wie die beiden Schwestern.

Coltella hastete hinterher. Schon von draußen vernahm sie das Geschrei. Automatisch griff sie zur Pistole und den Handschellen.

Als sie die Tür zum Haupthaus aufstieß, wusste sie für einen Moment nicht, wo es langgehen sollte, doch dann verriet ihr ein laut gebrülltes »Bügeleisen weg, du Heini!«, wo sich etwas Unpassendes abzuspielen schien. Nur drei Türen später offenbarte sich ihr das ganze Grauen.

»Hände hoch, Polizei!«, schrie sie. Wie festgefroren stand ein merkwürdiges Trio vor ihr. Der Kaplan, eine Oma – und derjenige, der beiden offenbar mit einer Pistole und einem Dampfbügeleisen den Garaus machen wollte.

Der Typ war für einen Moment unaufmerksam, die Omma schlug zu, der Kaplan ging in die Hocke, und der Kerl purzelte über den Rücken des Kirchenmanns zu Boden. Ehe er sich's versah, hatte ihn die Kommissarin entwaffnet und ihm die Handschellen angelegt.

»Jetzt bin ich aber mal gespannt, was hier für ein Film läuft!«, sagte Coltella.

Plötzlich hörte sie hinter sich ein Geräusch. Sie wirbelte herum, die Pistole schussbereit im Anschlag.

»Entschuldigung, befinden sich hier vielleicht die sanitären Anlagen?«, erkundigte sich ein opulenter Herr, den Gewand und Siegel als Bischof auszeichneten.

»Nein«, sagte Coltella kalt und schlug ihm die Tür vor der Nase zu. Dann wandte sie sich wieder dem skurrilen Dreigestirn zu. »Aber vielleicht möchte sich einer der Anwesenden hier trotzdem erleichtern!«

23. Kapitel

von Carsten Sebastian Henn

»Ja, verdammt noch mal. Klar war ich's. Aber können Sie jetzt endlich dafür sorgen, dass dieses bösartige Schrapnell das Dampfbügeleisen nicht so verdammt nah an mein Gesicht hält?« Vincenzo Primavera schwitzte wie ein Wanne-Eickeler Kegelclub in der Russensauna.

»Ich sehe niemanden. Vielleicht hilft es, wenn Sie mir nun ganz genau erklären, wie alles abgelaufen ist.« Carola Coltella zündete sich eine Zigarette an. Rauchen war vielleicht schlecht für die Gesundheit – aber verdammt gut für die Nerven. Für die müsste sie in den nächsten Tagen unbedingt auch noch shoppen gehen. Je mehr Blusen, Röcke und Übergangsjacken, desto besser würde sie diesen Stress verarbeiten können. Jeder ernstzunehmende Arzt hätte ihr das schriftlich gegeben.

»Da gibt es nicht viel zu erklären. Ich bin ein einfacher Geschäftsmann, verstehen Sie? Sechs kleine Puffs, also Bordelle, und zwanzig Ford Transits hab ich am Laufen – das meiste sind Familienbetriebe! Einige gibt es schon seit Generationen. Aber das *Amore totale* ist mein Augenstern. Das ist für die zahlungskräftigen Kunden. Und da hat die Jessica getanzt, die Jessica Schlothausen. Na ja, und die war halt eine von denen, die vorher immer was nahmen. Das hab ich ihr besorgt, und dann wollte sie immer mehr und härtere Sachen, das hat sie auch alles bekommen. Ich bin ja kein Unmensch. Aber irgendwann da hat sie's übertrieben. Und plötzlich war Sense. Abgang. Ich wollte nicht, dass die Sache bekannt wird ...«

»... und haben einen Unfall inszeniert.«

»Ja, Unfall. Wenn sie alles wissen, warum fragen Sie dann? – Mensch, Omma, jetzt hör aber endlich auf, ständig auf die Dampftaste zu drücken. Das ist tierisch heiß.«

»Ich will nur, dass du Drecksack schön sauber wirst. Ich kann dir das Gesicht natürlich auch gerne abbützen, wenn dir das lieber ist, Zuckerstück.« Sie drehte auf Leinen und dampfte munter weiter.

Unkel hörte zwar zu, doch seine Hände wanderten dabei unablässig über das Christkindkleid. Solch einen Stoff, dachte er, und es war ein vollkommen unschuldiger Gedanke, würde er auch gerne einmal auf der Haut spüren. Besonders der Rüschenaufsatz war herzallerliebst.

»Erzählen Sie jetzt weiter, oder soll ich Sie für ein paar Minuten allein mit ...«

»Ich erzähle ja! Das ist Folter, das wissen Sie, oder?«

»Liebe Frau Brock, ich denke, er gehört jetzt Ihnen.«

»Nein!«, schrie Vincenzo Primavera und redete nun wie ein Wasserfall in der Monsunzeit. »Ich hab plötzlich bemerkt, dass mich jemand beschattet. Aber ich hab nie wirklich was sehen können. Bis zu diesem einen Abend. Da hatte sie vergessen, den Blitz an ihrem Fotoapparat auszustellen. Das war auf dem Parkplatz, neben dem Platz, wo sie gefunden wurde. Ich bin dann rüber zu ihr, hab sie zur Rede gestellt. Da stellte sich dann raus, dass sie Jessicas Schwester war. Mandy. Und dass sie mir den Tod ihrer Schwester anhängen wollte. Sie schrie und sagte, dass sie Beweise gegen mich hätte, wegen Drogen und wegen meiner Mädchen, und dass sie mich fertig machen würde, und ihre Schwester rächen und so. Da bin ich ausgetickt. Ich wollte sie direkt an Ort und Stelle kalt machen, aber sie ist weggerannt, ich hinterher. Dann sah ich da dieses Beil liegen vom Weihnachtsbaumverkauf und dachte mir, dass so was natürlich viel unauffälliger ist als mit der Pistole.

»Unauffälliger?«, fragte Coltella.

Omma Brock ließ weiter Dampf ab.

»Ja, klar. Bei Kugeln kann man doch später immer rausfinden, aus welcher Waffe sie kamen. Also hab ich mit dem Beil zugeschlagen. Eine Riesensauerei. Es war quasi Notwehr. Sie wollte mich verpfeifen! Das gibt doch mildernde Umstände? Und dass ich hier .. freiwillig mein Geständnis abgelegt hab doch auch. Au!«

Omma Brock hatte ein wenig gebügelt. Doch nur das schüttere Haupthaar. »Och, das tut mir letzt aber leid. Ich glaub, ich werde langsam tattrig.« Sie bügelte noch mal. Aus Versehen. Und dann fiel ihr plötzlich vor Schreck das Dampfbügeleisen aus der Hand. Denn sie hatte ein entzücktes Quieken gehört und nun den Grund gesehen.

Florian Unkel stand vor ihnen.

Im Christkindkostüm.

Zwar war es an den Beinen ein wenig zu kurz geraten und zeigte seine haarigen Waden, und im Brustbereich war es deutlich zu weit, aber insgesamt gab der junge Kaplan ein anständiges Christkind ab.

»*Selig sind die Sanftmütigen, denn sie werden das Erdreich besitzen*«, sagte Omma Brock und bekreuzigte sich dreimal.

»Matthäus, Kapitel 5, Vers 5«, sagte Florian Unkel, und drehte eine Pirouette, als wäre er eine kleine Eisprinzessin.

24. Kapitel

von Ralf Kramp

Die Modenschau war ein rauschender Erfolg. Niemand von den Gästen hatte mitbekommen, welche dramatischen Ereignisse sich im Inneren der Modewerkstatt abgespielt hatten, während draußen eine Schar traumhaft schöner Models Jean-Claude Ducruets neueste Kollektion auf ihren makellosen Körpern zur Schau getragen hatte.

Der Modeschöpfer selbst hatte von diesem grandiosen Erfolg jedoch nur wenig mitbekommen. Er hatte alle Hände voll damit zu tun gehabt, die Aktion der Polizei von der Prominenz abzuschirmen. All der Applaus und all die begeisterten Ahs und Ohs waren kaum zu ihm durchgedrungen.

Als das große Feuerwerk verklungen und alle gegangen waren, saß er schließlich allein in seinem Atelier, versuchte zum wiederholten Male vergeblich, mit dem Handy seine Frau zu erreichen, die vermutlich gerade auf der anderen Erdhalbkugel unterwegs war, und war tief versunken in den Anblick seiner größten Schöpfung: des Kleides für das Christkind.

Ducruet fühlte sich unsagbar einsam.

Die kalten Gipsknie, die seine Wände zierten, konnten ihm keinen Trost spenden. Er würde sie alle abhängen, zermalmen, von dieser Erde tilgen. Sie waren nichts wert. Die Knie von Michelle Pfeiffer waren krummer als die von Popeye, dem Seemann. Er hatte es sich nie eingestehen wollen, aber jetzt sah er es klar und deutlich. Wahrscheinlich gehörten sie tatsächlich Popeye, dem Seemann. Nichts davon wollte er mehr in seiner Nähe haben, denn die Knie, die er so sehr begehrt hatte wie keine anderen, waren jetzt kälter als Gips. Sie ruhten in Frost und Finsternis in der Gerichtsmedizin.

Ducruet war sich sicher, dass er in diesem Augenblick der traurigste Mensch auf der ganzen Welt war.

Er wollte weinen, aber er hatte keine Tränen mehr.

Da vernahm er plötzlich ein dezentes Räuspern hinter sich. Er fuhr auf seinem Drehstuhl herum und erblickte die Umrisse einer imposanten Gestalt im Türrahmen.

Er erkannte gleich, um wen es sich handelte. Es war einer der geladenen Ehrengäste.

»Ich habe gewartet, bis alle weg waren, Monsieur Ducruet«, sagte der Mann leise und andächtig. »Und jetzt möchte ich das Kleid abholen, das ich bei Ihnen bestellt habe.«

»Aber natürlisch, Eure Exzellenz.«

Der Bischof trat ein.

* * *

Primavera war am Ende nicht einmal unfroh gewesen, als er in Handschellen abgeführt worden war. Die Aussicht auf eine klamme Gefängniszelle war eine geradezu verlockende Alternative zu Omma Brocks Bügelzeremonie. Carola Coltella würde das

Der Bischof

Abbild der nackten Angst in seinen Augen noch lange in Gedanken mit sich herumtragen. Sie war sich sicher, dass er sogar noch das Kennedy-Attentat gebeichtet hätte, wenn Omma Brock ihn noch ein bisschen mit dem Eisen bearbeitet hätte.

Der Fall war gelöst, die Akte konnte geschlossen werden. Es war, wie immer, ein ausgesprochen befriedigendes Gefühl.

Bevor sie nun endlich ihren wohlverdienten Urlaub antrat, erreichte sie an ihrem Schreibtisch im Büro ein an sie persönlich adressierter Brief, in dessen Umschlag das Signet des Modeschöpfers Jean-Claude Ducruet geprägt war. Sie musste schmunzeln, als sie die Zeilen las. Er sprach ein überaus schlechtes Deutsch, dieser Modeheini, aber geschrieben waren seine Worte tatsächlich noch schlimmer.

Aber so sehr sie auch zunächst den Kopf über seine verqueren Formulierungen und seine desaströse Orthografie schüttelte, umso breiter wurde doch ihr Grinsen, als sie schließlich den Sinn seiner wirren Worte verstand.

Ducruet bot ihr ein überaus faires Abkommen an: Dafür, dass er ihr einen ganzen großen Wandschrank voll von seinen kostbarsten Modeschöpfungen schenkte, musste sie nämlich nichts weiter tun, als völliges Stillschweigen über seine kleine, geheime Leidenschaft für gewisse Körperteile wahren.

War das Bestechung?

Keinesfalls!

Coltella schlug vor Begeisterung mit der flachen Hand auf den Schreibtisch, sodass Clairvaux seinen Kopf vom Nebenzimmer hereinsteckte. »Alles okay?«

»Oh ja«, jauchzte sie. »Alles okay. Und noch viel mehr!«

Er zog fragend die Augenbrauen in die Höhe. »Wirklich?«

»Natale con i tuoi, Pasqua con chi vuoi ... Weihnachten zu Hause, Ostern wo du willst! Ich werde jetzt nach Perinaldo reisen und Weihnachten feiern. Mit Pandoro, Panettone und Torroni und allem drum und dran ... und mit La Befana, der Weihnachtshexe!«

* * *

Kaplan Florian Unkel hielt die Predigt seines Lebens. Seine sonst so zaghafte Stimme schallte kraftvoll durch das Gotteshaus und verkündete eine so frohe Botschaft, dass sich die Augen der Damen der Gemeinde mit Gewässer füllten, dass die Herren plötzlich gar nicht mehr daran dachten, sich während der Wandlung klammheimlich zu verdrücken, um in der Dorfkneipe gegenüber einen ordentlichen Skat zu kloppen, und dass die Messdiener hinter dem Rücken das Kaplans sogar aufhörten, SMS zu schreiben.

Ihm kamen Worte über die Lippen, die er nicht kannte. Er sprach Sprachen, die er nicht gelernt hatte, und seine Sätze formten eine behagliche Melodie, die jedem der Anwesenden tief ins Herz drang.

Er hatte die Hölle gesehen, er hatte den Himmel gekostet, und er war wieder auf der Erde angelangt, und davon erzählte er.

Und er erzählte auch, dass die Heiligen Drei Könige in der Krippe im rechten Seitenschiff dringend neue Kleider brauchten. Er sprach von Chintz, Batist, von Seide, Chiffon, Cord und Damast, er sang von Plissierungen, Fältelungen und Raffungen hie und da und dort. Er schwärmte von Strickblousons für die Hirten und von einer neuen Stola für die Maria, die seiner Meinung nach auch ruhig ab und zu mal einen Wickelrock oder etwas ähnlich Figurbetontes tragen könnte. Und etwas mit einem ordentlichen Ausschnitt. Aber das dachte er nur.

* * *

Es war ein stiller Moment, in dem der Bischof das glitzernde Kleid auf das Grab der verstorbenen Pastoralreferentin der kleinen Gemeinde Welterscheid legte. In der Ferne sang irgendwo ein Kinderchor. Die Nacht war klar, das Mondlicht verwandelte den Schnee in strahlendes Silber. Von den nahen Birken rieselte ein Hauch von Schnee auf die zitternden Schultern des Bischofs.

»Du sollst es haben«, flüsterte er schluchzend zu dem aufgeworfenen Erdhügel zu seinen Füßen. »Du bist von uns gegangen, aber es gehört dir.« Er bettete es mit unendlicher Zärtlichkeit auf den Kränzen und Blumen, breitete die federleichten Ärmel aus und zupfte die Flügel zurecht.

Das Kleid war aus Träumen geschnitten und mit dem Zauberstab genäht worden. Einen Lidschlag lang glaubte der Bischof plötzlich, Mandys feengleichen Körper in der kostbaren Hülle zu sehen, bleich wie der Schnee, unsagbar sanft lächelnd und mit Augen, die heller glitzerten als der Polarstern. Aber im nächsten Moment war der Spuk schon wieder vorbei.

Seine große Liebe war gegangen. Für immer.

Der Bischof senkte den Kopf und sprach ein kurzes Gebet. Dann wandte er sich um und schritt stumm durch die Winternacht davon.

Ein gewaltiger Schatten löste sich aus einem der angrenzenden Büsche, die den Friedhof umstanden. Dick und unförmig zeichnete er sich gegen das Weiß des Schnees ab. Als Omma Brock auf das Grab zustiefelte, gab der Schnee knirschende Geräusche von sich.

»Mein lieber Scholli«, brummte sie, als sie das Kleid betrachtete und sich an ihrem drahtigen Dutt kratzte. »Vom Feinsten, aber echt.« Ihre knotige Rechte packte das Kleid am Ausschnitt, hob es hoch in den Mondschein, sodass es glitzerte und funkelte, und dann stopfte sie den hauchzarten Stoff in ihre Handtasche. »Das schneidere ich mir um. Zwei, drei Keile eingesetzt und die Ärmel bisschen kürzer, dann passt das der Omma Brock bestimmt.«

Dann pfiff sie leise *White Christmas*.

ENDE

Kriminelle Präsentpakete
für Krimifans mit Geschmack:
KILLERKAKAO
Kurzkrimis und Trinkschokolade
Taschenbuch • 100 Seiten
200g Trinkschokolade und Dekordose
ISBN 978-3-940077-32-5
14,90 EURO
SCHWARZER TOD
Kurzkrimis und Kaffee
Taschenbuch • 100 Seiten
250g Kaffee und Dekordose
ISBN 978-3-937001-71-5
14,90 EURO
KILLERKAKAO
SCHWARZER TOD
FÜNF-UHR-TOD
FÜNF-UHR-TOD
Kurzkrimis und Tee
Taschenbuch • 120 Seiten • 200g Tee und Dekordose
ISBN 978-3-937001-96-8 • 14,90 EURO

Ralf Kramp
NACHT ZUSAMMEN
Taschenbuch, 200 Seiten
ISBN 978-3-937001-89-0
8,90 EURO

Verbrechen lohnt sich, nicht?
Nun, nicht immer. So mancher Schuss geht nach hinten los, und so manche Prise Gift schluckt unverhofft der Falsche.

Ralf Kramp ist ein Meister des schwarzen Humors. Seine Geschichten haben es in sich, denn hier läuft es oft gänzlich anders als erwartet.
Heimtückische Mordpläne, skrupellose Killer, perfide Mordwaffen, ahnungslose Opfer - Ralf Kramp mischt alle Zutaten zu einem teuflisch guten Krimi-Cocktail.

»Kramps großer Plan scheint gelungen, wenn sich seine Leser über seine despektierlichen Einfälle rund um Mord und Totschlag schlichtweg totlachen.« (Kölner Stadt-Anzeiger)